»ACH DU LIEBE FISCHGRÄTE!«

Sabine Strobl

»Ach Du Liebe Fischgräte!«

Heiteres aus dem Katzenalltag
mit der Gattung Mensch

Bibliografische Information der Deutschen Nationalbibliothek:
Die Deutsche Nationalbibliothek verzeichnet diese Publikation in der
Deutschen Nationalbiblio-grafie; detaillierte Daten sind im Internet
über http://dnb.d-nb.de abrufbar.

Satz, Umschlagdesign, Herstellung und Verlag:
Books on Demand GmbH, Norderstedt

ISBN 10: 3-8334-4329-4
ISBN 13: 978-3-8334-4329-9

Für »*Minou*« †

Die Autoren:

(in alphabetischer Namensfolge):

»*Bonny*«   »*Filou*«   »*Zazou*«

(nach längerer Diskussion doch lieber
in alphabetischer Reihenfolge der Rassennamen):

»*Filou*«   »*Bonny*«   »*Zazou*«
(Hauskater)   (Heilige Birma)   (Maine Coon)

(nach erneuter längerer Diskussion:
Alter vor Schönheit):

»*Bonny*« *(älter)*   »*Filou*« *(6½)*   »*Zazou*« *(6)*

??

Es folgte eine leicht hitzige Aussprache, dass die letzte Reihenfolge schon von Anfang an stand und man sich diese langwierige Diskussion hätte sparen können. Mit einem genervten »Pfft« trollten wir 3 uns anschließend zu unseren Schlafplätzen und schmollten dort ausgiebig vor uns hin.

Inhalt

Die Entstehung dieses Buches   7

Wir   10

Erziehung des 2-Beiners   25

Observatorium Balkonien   41

Das schönste Spielzeug der Welt   56

Der Bademeister   61

Online   72

Die Dame in grün   82

Fellstarke Net-Links   91

Die Entstehung dieses Buches

Autor: Filou

Es ist ein endlos heißer Sommertag. Trotz runtergezogener Rollos und kühler Fliesen fühlen wir uns wie ein Brathähnchen am Spieß. Für ein solches könnte man uns jetzt auch glatt halten, so wie wir, alle Pfoten zur Seite geklappt, auf dem Rücken liegen.

Ruhig ist es. Beinahe jedenfalls. Wenn da nicht das Gehampel unseres ewig unter Strom stehenden 4-beinigen Artgenossen auf dem Bürostuhl wäre. Rennsemmel, wie wir ihn stets nennen, hat ein neues Computerspiel entdeckt und schießt mit wachsender Begeisterung feindliche Rennmäuse am PC ab. »Schuss ... und versenkkktttt«, kreischt er vom Schreibtisch zu uns hinüber. »Echt wieder was los heute«, ertönt es altklug zu meiner Linken. Es reicht. Entnervt schalte ich den CD-Spieler mit meiner »Wellness-Mäusegehuschemusik« aus und nehme die Kopfhörer aus meinen Ohren.

»Bitte – krieg' endlich deinen Biorhythmus unter Kontrolle«, fauche ich in Richtung Bürostuhl, »wissenschaftlich gesehen solltest du jetzt als Kringel zusammengerollt schlafen ... und das mindestens noch für einige Stunden.«

Ich hatte die Kopfhörer gerade fast wieder drin, aber auch nur fast, da ertönt ein weiteres Mal die altkluge Stimme zu meiner Linken: »Wissenschaft – das ist Forschung, Lehre und Bildung von Hypothesen und

Theorien. Die Wissenschaft stellt Kriterien auf, wann ein Naturgesetz oder eine Theorie als bewiesen oder widerlegt gilt. Betrachten wir zum Beispiel unseren Rennsemmel – er stellt den klassischen Beweis der Gesetzeswiderlegung dar.«

Aber natürlich. Unser Senior. Manchmal geht er mir mit seinen Lichtblicken mächtig auf die Gräte. Heute ist so ein »Manchmal-Tag«. Entnervt drehe ich mich zur Seite und stehe auf. Nach einer ausgiebigen Körpergymnastik nebst Stretching (auch Katzenbuckel genannt) und einer herzhaften Maulakrobatik (die Menschen nennen so etwas Gähnen) verschwinde ich in den Flur. Mit meiner Ruhe ist es leider endgültig vorbei.

Du liebe Fischgräte, wo bin ich hier nur gelandet!
Sie möchten dies gerne wissen?
Nun, dann lade ich Sie herzlich zum weiterlesen ein. Ich habe mich soeben entschlossen, einiges über unser Alltagsleben zu Papier zu bringen.

Dickerchen und Senior
Foto: Rennsemmel

Wir

Autor: Senior

W idmen wir uns doch gleich einem meiner Lieblingsthemen. Geschichten über uns. Über die Autoren dieses Buches. Meine 2 Weggefährten erteilten mir (ohne großes Zögern) die ehrenvolle Aufgabe, dieses Kapitel zu schreiben. Dies ist schnell erklärt: Auf Filou übt selbst ein Rest im Futternapf einen größeren Reiz aus als zur Feder zu greifen, und Rennsemmel Zazou trainiert schon seit Tagen für einen neuen Rekord im »Kratzbaum-rauf-und-runtersprinten«. Aus einer Fachzeitschrift für Hauskatzen hat er neulich erfahren, dass es in der Schweiz ein rot-getigerter Kater genau 50x hintereinander auf einen deckenhohen Baum geschafft hat. Seit Bekanntwerden dieses Rekordes rennen dem Schweizer Kater die Damen der Gesellschaft seinen Chatroom ein. Im besten Kateralter kann Rennsemmel so etwas natürlich nicht auf sich sitzen lassen.

Alors – fangen wir also an.

Bei den von uns allseits geschätzten 2-Beinern sagt ein Sprichwort: »… der Esel nennt sich stets zuletzt …«, aber wir sind ja bekanntlich keine 2-Beiner. Obwohl wir auch so gehen könnten. Natürlich nur, wenn wir wollten.

Daher fange ich doch gleich mit der wichtigsten Persönlichkeit an – mit mir. Aufgrund meines schon etwas älteren Alters überfallen mich des öfteren am Tage tiefe

Nickerchen und ich möchte es beileibe nicht riskieren, den Druckschluss dieses Buches zu verpassen. Können Sie sich das vorstellen? Das wichtigste Kapitel überhaupt … und den Druckschluss verpasst. PP. Persönliches Pech.

Oh nein – bloß das nicht. Ich darf da gar nicht an die dann anstehenden Diskussionen mit meinen Mitbewohnern denken.

Meinen Lebenslauf gibt es in der sportlich-knackig-kurzen Version:

<u>Name:</u> Bonny
<u>Geschlecht:</u> männlich (was sonst)
<u>Geburtsdatum:</u> 14.09. sagichjetztnicht
<u>Rasse:</u> heilige Birma (Sie wissen schon, die mit den weißen Pfötchen).

Zugegeben – hier bin ich farbmäßig leicht aus der Art geschlagen. Vorne links ist das Weiß so ungefähr zwei Zentimeter höher gerutscht … und hinten links … wo nu' der braune Farbtupfer herkommt? Woher soll ich denn das wissen? Ehrlich gesagt – der liebe Gott hat mir meine Söckchen schon recht lustig angezogen.

Gerade wohl auch deshalb wurde ich damals ausgewählt. Im stolzen Alter von 10 Wochen blickten einst aus luftiger Höhe 2 blaue Augen auf mich hinunter und dann vernahm ich eine entzückende weibliche Stimme: »Den – den nehmen wir – was für eine niedliche Fellfärbung das Kerlchen doch hat. Was hat man ihn doch lustig angezogen …. und wie munter er mit seinen Geschwisterchen spielt.«

Über den letzten Teil dieser Bemerkung grinse ich heute noch. Als Erstgeborener musste ich meinen Brüdern einfach klarmachen, wer der Kronprinz im Korb war. Meine Schwestern interessierte dies eh' nicht – sie waren den ganzen Tag mit »sich-schön-machen« beschäftigt. Blöderweise standen, lagen oder saßen sie uns dabei immer nur wie ein Hindernis im Weg, was die Menschen dann irrtümlich wie »mitmachen« ansahen.

2 Wochen später packte man mich dann liebevoll in einen Korb, und ich traute meinen Augen nicht, als ich mich gute 1 ½ Stunden später in einer fremden Wohnung wiederfand. Etwas komisch war mir schon zumute und so harrte ich in meinem Körbchen der Dinge, die auf mich zukommen sollten.

Minuten später linsten erneut zwei blaue Augen neugierig in mein Körbchen hinein. Wow – ein blauäugiges Tier auf 4 Pfoten mit einem Giraffenhals. Ich war sprachlos – so etwas hatte ich noch nie in meinem Leben gesehen. Zugegebenermaßen hatte ich überhaupt noch nicht viel in meinem Alter gesehen. Aber dieses Tier war zu komisch – im Gegensatz zu dem Kopf befand sich der Körper dieses Wesens nämlich doch recht weit von meinem Korb entfernt. Nach wenigen Sekunden fuhr jedoch besagter Kopf in Richtung seines Körpers zurück und schon kam mir diese Tierform wieder recht vertraut vor.

Es gab tatsächlich noch andere Katzen auf dieser Welt!

Bis dato kannte ich nur meine Familie und die sahen mehr oder weniger genauso aus wie ich (das mit den weißen Pfoten hatten wir ja schon). Aber diese(r?) hier hatte ein kurzes, beiges, leicht gepunktetes Fell, blaue Augen, einen braun-beige-geringelten Schwanz und stand auf einmal auf irre langen und schlanken Beinen vor meinem Reisekorb.

Mit großen runden Augen und weit geöffnetem Maul starrte ich unentwegt zu ihm/ihr hinauf, während ich im Zeitlupentempo auf meinen kugelschreiberlangen aber bratwurstdicken Beinchen aus meinem Körbchen stolzierte. Meinen dunklen buschigen Schwanz hatte ich artig zur Begrüßung wie eine Fahnenstange aufgestellt und dabei selbstverständlich mein weltbestes Lächeln aufgesetzt. »Dieses Wesen sieht ja total witzig aus – totaaaal witzig«, flüsterte ich dabei vorlaut vor mich hin. Ein bisschen zu laut – und da wurde ich auch schon energisch angefaucht.

Uuiii – dann eben nicht.

Auf der Stelle drehte ich mich beleidigt um 180 Grad herum, glättete dabei gleichzeitig mein mir zu Berge stehendes Rückenfell, entknotete 2 Sekunden später meine 4 Pfoten und ignorierte erhobenen Hauptes das unterdrückte Kichern meines Frauchens und das des Katzenwesens hinter mir. In meinem zarten Alter kümmert Kater sich noch nicht um albernes Gekicher.

Dies war eh uninteressant, denn meine Augen hatten bereits ein neues Zielobjekt erspäht.

Alle meine Geruchs- und Schnurrhaarsinne waren auf Empfang eingestellt. Du große, aber wirklich große Fischgräte. Zwei mit leckerem Futter gefüllte Näpfe strahlten und dufteten nur so vor sich hin, und denen konnte ich einfach nicht widerstehen. Weite Reisen und frische Luft machen ja auch bekanntlich seeeehr hungrig.

Ich hatte aber gerade auch den ersten Bissen im Hals stecken, da bekam ich schon einen sanften, aber energischen Tatzenklaps des Katzenwesens auf meinen Allerwertesten verpasst. »Oh oh, das gibt Ärger mit Minou«, ertönte die Stimme meines Frauchens von weit oben.
Oh – ich hatte mich tatsächlich über das Schälchen der Katzendame hergemacht.
Moment mal ... ihr? ... sie? Eine Katzendame? Große Fischgräte, das fehlte mir noch – eine Frau im Hause. Und schon gingen die Teenagerhormone mit mir durch.

Mit aufgestellten Nackenhaaren galoppierte ich auf den Kratzbaum zu. »Zickenalaaarm – Zickenalaaarm«, kreischte ich lautstark, während ich versuchte, den Baum zu erklimmen.
Eh bon – das schnurgerade Galoppieren selbst klappte schon ganz gut. Die Motorik hatte ich bis dato bereits weitestgehend unter Kontrolle und auch verhedderte ich mich nicht mehr mit meinen 4 Pfoten. Selbst ein Sprint mit richtig viel Hackengas um die Türecke herum sah mittlerweile schon mächtig profimäßig aus. Nur die Koordination der Vorder- und Hinterpfoten den Kratzbaum hinauf stellte mich noch vor einige Herausforderungen. Mit den Hinterpfoten schieben, vorne weiter hochziehen, schieben, ziehen, einen Moment Luft holen, ziehen, schieben, Moment mal – da stimmt etwas nicht. Auf halber Höhe war es dann wieder so weit. Verzählt. Und schon hingen Vorder- und Hinterpfoten auf gleicher Höhe fest.

»Ich glaub's nicht«, zischte ich leise entnervt durch die Zähne, und da hörte ich auch schon wieder ein unterdrücktes, glucksendes Gekicher. Ich wickelte meinen Kopf um den Baumstamm herum und konnte links unten an der Tür die blauäugige 4-beinige Zicke erspähen. Sie konnte sich vor Lachen kaum noch halten. Nun hieß es Fassung bewahren und sich schnell für einen Auf- oder Abstieg zu entscheiden.

Die Position eines Klammeräffchens hatte mich aber schon einiges an Kraft gekostet und so kam nur das Abwärts in die engere Wahl.

Doch es kam schlimmer.

Das 2-beinige Schmuckstück hatte mich nun auch erspäht und schon fühlte ich ihre Hand unter meinem Allerwertesten, die mich wie in einem Fahrstuhl nach oben beförderte. „Nein, nein, neiiiin – ich will runter», knirschte ich durch die Zähne und fing an zu zappeln. Ein Blick auf die blauäugige Zicke links unten bestätigte die Blamage – sie lag vor Lachen bereits auf dem Rücken.

Nun gut – passiert ist passiert, nun hieß es die Fassung bewahren. Oh ha, war das hoo … uiii hoooch hier. So weit oben war ich echt noch nie. Innerlich war ich schon ziemlich nervös, aber äußerlich ließ ich mir selbstredend nichts anmerken und stolzierte nun möglichst cool auf dem Hochsitz herum. Aber nur für kurze Zeit – denn ganz plötzlich stellte sich ein natürliches Bedürfnis ein. Ich musste dringend wohin. Und das nicht erst morgen.

Mit einem irrsinnig klugen Gesichtsausdruck inspizierte ich nun die Lage – runterspringen wäre der schnellste Weg zur Katzentoilette. Wenn man denn auch noch wüsste, wo sie wäre. Doch im zarten Alter von 12 Wochen fand ich mich noch zu jung für freiwillige Flugversuche. Auch konnte ich nirgendwo einen Fallschirm ausmachen.

Gutgütiger Himmel – es zwickte. Ich musste hier runter. Unten hatte sich die blauäugige Zicke nach ihrem Lachanfall nun in die erhabenste Position gebracht, die eine Katze zustande bringen kann: sie hatte sich hingesetzt, die Vorderpfoten und den Oberkörper kerzengerade durchgestreckt, den Schwanz elegant um die Pfoten gewickelt und die Augen nur leicht geöffnet. Ich wusste, dass sie vor Neugier fast platzte, wie ich jetzt den Abstieg schaffen würde.

Nun gut – ich war bereit. »Runter mit dir, Prinz Höppeldipöpp. Du bist für den Königsposten nominiert«, dachte ich noch und schon sah ich eine recht nervöse 2-Beinerin auf mich zukommen. »Du liebe Güte, ich habe es doch vollkommen vergessen, dir die Katzentoilette zu zeigen. Das holen wir jetzt aber fix nach, sonst geht uns hier noch etwas in die Hose.«

Und schon wurde ich per Fahrstuhl wieder nach unten befördert und in ein schickes Bad getragen. Wie ein geölter Blitz hüpfte ich in die Katzentoilette. Üff – das war Rettung in letzter Minute. Erhobenen Hauptes stolzierte ich einen Moment später an der blauäugigen Zicke vorbei und murmelte ein »… dafür konnte ich nun wirklich nichts«. »Weiß ich«, antwortete mir die Zicke grinsend, aber dennoch sehr verständnisvoll, »ich war auch einmal so jung wie du.«

Dies war der Beginn einer wunderbaren Freundschaft zwischen uns beiden. Wie bereits erwähnt, war ihr Name Minou und sie hatte vor kurzem ihren ersten Geburtstag gefeiert. Da Internationalität in unserem Haus sehr groß geschrieben wurde, stammte sie von einer anderen Rasse ab – sie kam aus dem Stamm der Siamesen. Mit Stammbaum, so wie ich auch einen habe. Es gibt tatsächlich Menschen, die darauf Wert legen, dass man einen hat.

Nebenbei bemerkt, unserem Frauchen war dies ziemlich egal. So, wie ihr auch meine witzige Fellfärbung egal war. Minou hatte den für Siamesen so typischen feinen, schlanken und durchtrainierten Körper. Und war, aus Sicht eines Katers, für eine Katze echt toffte drauf. Weder der Altersunterschied noch unsere unterschiedlichen Rassen stellten ein Hindernis für uns dar.

Minou war eine superklasse Spielgefährtin, der ich am allerliebsten freundschaftlich aus dem Hinterhalt in die Hacke zwickte. Ach du liebe Fischgräte – was konnte sie doch herrlich loskreischen und panikartig durchstarten. Dann jagte ich sie mit klapperndem Gebiss durch das ganze Haus – gefolgt von schallendem Gelächter der 2-Beiner.

Andersherum konnte Minou aber auch gut austeilen – am liebsten weckte sie mich mit diesem Hackenzwicker aus meinem Schönheitsschlaf auf. Vorsichtshalber brachte sie sich dann aber schon in der gleichen Sekunde in Sicherheit. 14 Jahre lang waren wir unzertrennlich, dann musste ich von ihr Abschied nehmen. Sie schlief eines Tages einfach ein und wachte nicht mehr auf.

So ging es in meinem mittlerweile ebenfalls hohen Alter auf eine neue Reise. Unsere 2-Beiner hatten sich leider zwischenzeitlich getrennt und nun sollte ich zu meinem ehemaligen Frauchen. Sie war vor einiger Zeit in die Schweiz gezogen. Nach Genf, genauer gesagt.

Und nicht alleine, wie ich nach einer längeren Reise feststellen musste. Diesesmal linsten gleich 4 Augen in meinen Katzenkorb. 2 hyperneugierige Kater starrten mich mit unverhohlener Neugier an. Na, das konnte ja heiter werden.

Ich holte tief Luft, plusterte mich etwas auf (im Gegensatz zu meinen bescheidenen 5 Kilo fielen diese zwei Exemplare doch etwas größer und gewichtiger aus) und stolzierte mächtig cool aus meinem Reisekorb. Ungefähr so, wie ein Bodybuilder mit Rasierklingen unter den Armen.

»Also Jungs«, begrüßte ich die zwei, »mein Name ist Bonny, ich bin der Ältere und ab jetzt hört alles auf mein Kommando.« Eine kunstvolle Pause trat ein. Dann geschah es.

»O.K. Ich bin Filou. Wann gibt's was zu fressen?«, antwortete mir das leicht beleibtere Exemplar der beiden respektvoll. »Eh oui d'accord. Kann ich jetzt weiterspielen?« Das war der zweite Kater und definitiv der energiegeladenere von den beiden.

Ich musste mich vor Erstaunen glatt setzen. Das war's. Kurz und knackig hatten wir drei uns geeinigt und ich hatte das Gefühl, dass auch unserer 2-Beinerin ein paar mächtige Steine vom Herzen fielen. Sie hatte sich auf richtige Streitereien eingestellt und das ist ja gerade bei betreten eines besetzten Reviers auch nicht unüblich. Darauf war auch ich eigentlich eingestellt und ließ im Hintergrund bereits meinen Datenspeicher nach alten asiatischen Kampfmethoden absuchen. Aber diese zwei waren mit ganz anderen Dingen beschäftigt. Halt typisch Schweizer – gemütlich, freundlich und neutral eingestellt mit Sinn für exzellentem Essen und einer stressfreien Tagesbeschäftigung. Paradiesisch.

Da haben wir also zum einen Filou. Ein europäischer Wald- und Wiesenhauskater. Wie ich ein ziemlich verschmustes Exemplar, und seine größte Sorge gilt einem immer anständig gefüllten Futternapf. Durch sein leichtes Übergewicht gibt es für ihn öfters Light-Futter und damit kann man ihm anständig den Tag vermiesen. Wenn ich sauer auf ihn bin oder ihn ärgern möchte, dann nenn' ich ihn »Dickerchen« – das wirkt immer.

Der zweite im Bunde ist Zazou. Zazou ist ein reinrassiger Maine Coon Kater und wurde eigentlich mit einem vornehmen Zuchtnamen bei seiner Geburt bedacht. Sein enorm großer Energiehaushalt verlieh ihm gleich den passenden Spitznamen: »Rennsemmel«.

Rennsemmel besitzt einen Stammbaum, genauso wie ich einen habe. Allerdings ist dieses Stück Papier, wie schon eingangs erwähnt, für uns ohne Bedeutung – uns interessieren andere Dinge.

Wichtigere.

Essentielle:

Volle Futternäpfe, stets eine saubere Toilette, Kuschelplätze ohne Ende, Streicheleinheiten, ausgewogene Speisepläne und regelmäßige Futterzeiten, schicke Näpfe, Kratzbäume, Klettermöglichkeiten, Freilauf oder ein geschützter Balkon, eine vollautomatische Massage- und Kraulanlage für die Abwesenheitszeiten der 2-Beiner, eigenes TV-Programm, Catline im Internet … o.k., o.k. – ich drifte etwas ab.

Meine beiden neuen Artgenossen und Weggefährten sind Schweizer – waschechte von Geburt an. Multikulturell wie die Eidgenossen sind, sprechen sie natürlich deutsch, englisch und französisch. Mein »altes« Frauchen übrigens auch.

Diese Sprachvielfalt spiegelt sich auch auf den schweizerischen Produkten wieder. Alle Verpackungen sind dreisprachig – deutsch, französisch und italienisch. Mir kommt diese Auszeichnungsvielfalt enorm entgegen – so kann ich fix den Inhalt der Katzenfuttertüte gegenchecken und sogar noch ein wenig ausländisch lernen. Für Bildung ist es nie zu spät. Zudem macht lernen auch viel Spass. Schliesslich lernt Kater immer für sich selbst.

»The pork hüpfte through the fenêtre*.« – mit diesem Satz gab ein »sprachgewandter« und »th-ungeübter« guter Bekannter unserer 2-Beinerin neulich seinen gesamten Sprachschatz zum Besten. Bis heute ist er aus jedem seiner unzähligen Urlaube stets wohlgenährt zurückgekommen.

Der rekordverdächtige Satz »The feu** has been fini.« stammt von einem ihrer Kollegen. Er wollte dem Ober

(* Das Schwein hüpfte durch das Fenster.)

(** feu = Feuer)

eiligst mitteilen, dass die Flamme unter dem Fonduetopf gleich ausgehen würde. Die Sorge um die Flamme ließ ihn jedoch schneller sprechen als das Vokabular rechtzeitig wiederfinden und sich gleichzeitig noch für eine Fremdsprache, geschweige denn die richtige Grammatik, zu entscheiden. Auch das »th« verunglückte in der Windeseile zu einem anständigen scharfen »s«. Man spricht noch heute von einem legendären Lachanfall aller Tischgäste.

Mon Dieu – diese moderne Art der Satzbildung bekomme ich mit etwas Übung eines Tages auch hin.

Einzig auf Zazous gelegentliche Ausreißer in die schwizerdütsche Welt kann ich, bei allem Respekt zu den Eidgenossen, doch verzichten. Da sind Halsschmerzen vorprogrammiert. Das geht dann z. B. so:

»Dasch Futtre ischt im Huchihätschli«. Dies kann so ziemlich alles für mich bedeuten. Wo ist das Futter wann? »Im Küchenschrank«, kichert Zazou dann regelmäßig begeistert. Kann er dem Älteren doch etwas beibringen.

Eh voilà – nun war ich also in der Schweiz und hatte schon zwei neue Freunde gefunden. Das tröstete mich über den Verlust meiner alten Weggefährtin hinweg und ich fühlte mich nicht mehr so alleine. Ob man Dickerchen Filou mal in die Hacke zwicken könnte? Etwas Lauftraining würde ihm doch nicht schaden, oder? Hm – ich glaube, das kommt dann doch nicht so gut. Bliebe noch Zazou – aber bei seinem Tempo würde ich wahrscheinlich nur noch seine Schwanzspitze erwischen.

Eines mussten wir drei aber noch klarstellen: Wem von uns gehörte jetzt welcher Platz auf der Couch, wenn sich Frauchen dort hinlegt?

Doch auch diese Frage wurde ziemlich schnell gelöst. Mir steht seit eh und je der Platz an ihrem Hals zu – und den hatten weder Dickerchen noch Rennsemmel im Sinn. So lagen wir am ersten Abend schon alle gemeinsam auf der Couch. Wohlig schnurrend hatten wir wie selbstverständlich unsere Plätze eingenommen: meiner einer an ihrem Hals, die Pfote lässig gegen ihr Ohr gedrückt, Rennsemmel vor ihrem Bauch und Dickerchen in ihrer Kniekehle. Sekunden später waren Mensch und Tier tief und fest eingeschlafen.

Los runter von der Couch
Foto: Senior

Die besagte Couch ohne Frauchen und Mitbewohner
DEINS – SEINS – MEINS

Foto: Senior

Barde Rennsemmel …
Foto: Filou

Wo ist das TV-Programmheft …
Foto: Senior

Erziehung des 2-Beiners

Autor: Senior

M an nehme ein Lexikon und suche nach dem Begriff »MENSCH«. Dort erfährt der geschätzte Leser u. a. folgendes:

Der Mensch stellt das höchstentwickelte Lebewesen der Erde dar. Tiere werden weitaus stärker von arteigenem Verhalten und Instinkten geleitet. Der Mensch gehört, lt. Abstammungslehre, zur obersten Stufe des Tierreichs, zur Klasse der Säugetiere. Er unterscheidet sich aber von den Tieren durch die besondere Entwicklung des Gehirns, seinen aufrechten Gang, einer hochentwickelten Greiffähigkeit der Hände und den Besitz einer reich gegliederten Sprache.

Unter der Bezeichnung »KATZE« ist folgendes verzeichnet:

Sie gehört zur Raubtierfamilie, ist ein Zehengänger, vorzüglicher Springer und Schleicher, mit scharfem Seh-, Hör- und Tastvermögen.

Gut.

Da wir nun über grundlegende und entscheidende Fakten beider Gattungen aufgeklärt sind, ist es anhand der folgenden Regeln ein leichtes, den 2-Beiner wunschgerecht zu erziehen.

Testen wir doch zunächst einmal die Standfestigkeit

aller Katzenfreunde bezüglich ihres Lieblingssatzes: »Am meisten schätze ich an Katzen, dass sie einen eigenen Willen besitzen.«

Futter

Erkundet jede, aber auch wirklich j-e-e-e-d-e kleinste Ecke. Ihr könnt euch nicht vorstellen, wo wir überall reinpassen. Eure 2-Beiner übrigens schon gar nicht. Bevorzugt werden selbstredend Verstecke, bei denen die hochentwickelte Greiffähigkeit der Hände unseres aufrecht gehenden »Klassenkameraden« gnadenlos versagt.

Das Nicht-Herauskommen aus diesem Versteck lässt die Armen relativ schnell zappelig werden und beschert uns nach einer kurzen Wartepause eine Kostprobe ihres reich gegliederten Sprachschatzes.

Selbst Katzenunerfahrene 2-Beiner kommen recht schnell auf den Gedanken, uns mit Futter aus der Reserve zu locken. Es versteht sich jedoch von selbst, dass unser Niveau bei einem Dosenpreis von 1,99 € für 50 gr., einem garnierten Buffetteller mit Petersiliensträußchen à la Fernsehwerbung, Hähnchen, Lachs, unpaniertem Fisch und all so was anfängt.

Erfahrenere Katzenfreunde hingegen lassen sich jedoch nicht so schnell von uns aus der Ruhe bringen.
»Er/sie kommt schon, wenn er/sie Hunger hat.« Nur der Profi weiß, dass er/sie zwei Drittel des Tages völlig locker verschlafen oder stundenlang auf eine Maus warten kann.

Auch ist ihm unsere Stärke in der Ignoranz des angebotenen Futters bekannt. Spätestens nach der Notwendigkeit, 5 verschiedene Dosen hintereinander öffnen zu dürfen. Von der wird mit Appetit eine Sorte genüsslich verschlungen, nur um sie am nächsten Tag mit aufgerollten Schnurrhaaren nicht einmal anzusehen. Sie essen ja schließlich auch nicht jeden Tag das Gleiche, oder!?

Der Ausdruck der Futterverschmähung lässt sich aber noch toppen: Die Pfote mit einer ausgefahrenen Kralle in das Nassfutter eintauchen, ein Stückchen auf die Kralle aufspießen, die Pfote langsam zum Maul führen – aber dann kurz vorher mit richtig viel Schmackes das Pfotengelenk einmal schütteln. Schon klebt das gute Futterstück irgendwo fest. Der Rückfall des 2-beinigen Profis auf die unterste Leiterstufe der »Klassenkameraden«, der lossaust um uns das richtige Menü zu zaubern, ist nur eine Frage der Zeit.

Und die haben wir.

Fazit dieser Lektion: Freiwilliges Herauskommen aus Verstecken ist nur unter einer Bedingung gestattet: der sich dringend ankündigende Besuch der Katzentoilette.

Bestellung eines Kratzbaumes

Eine dringende Klarstellung in Sachen unserer Sprungfähigkeit halten wir ebenfalls für sehr angebracht.

Wir sind ausgezeichnete Springer, aber wir springen – auf – Sachen und – ungern – darüber. Weiterhin lieben wir hohe Aussichtsplätze, auf denen wir alles schön überblicken können. Solltet ihr, wenn überhaupt, einen dieser Kratzbäume Marke »Minihöhe-für-maxihohen-Preis« vorfinden, so hilft folgendes garantiert:

Tapeten, Vorhänge und Gardinen immer wieder locker mit den Pfoten antesten und dabei mit dem Kopf nach oben schauen. Das Ausfahren der Krallen bei dieser Übung stellt einen enormen Vorteil dar. Es wirkt ungemein, wenn man sie, wie bei einem Taschenmesser, Kralle um Kralle nacheinander ausklappt und intensiv begutachtet. Ungefähr so, wie Frauchen ihre Fingernägel feilt.

Wenn ihr euch danach auf die Hinterpfoten stellt, die Vorderpfote leicht an die Gardine lehnt, signalisiert ihr eindeutig: »Ich möchte hoch hinaus – hält die Gardine mich wohl aus?«

Bitte achtet nur unbedingt darauf, dass dabei auch der Mensch zuschaut. Ihr werdet schnell eine wachsende Nervosität bei ihm verzeichnen können.

Ebenfalls sehr wirksam ist die Nutzung des schicken Teppichs für die Krallenpflege.

Um der ganzen Sache weiterhin Nachdruck zu verleihen, ist ein ständiges »auf-Möbelstücke-springen« sehr hilfreich, um die Höhe unserer Sprungkraft eindrucksvoll zu demonstrieren. Euer 2-Beiner wird zu diesem Zeitpunkt mit Sicherheit bereits hektisch in Tierkatalogen blättern, die ihr natürlich vorher ganz unauffällig neben seinen Lieblingsplatz gelegt habt.

Eine Beschleunigung des Bestellvorganges wird dann hundertprozentig durch artistische Kletterübungen hoch oben im Regal und einer sich daran anschließenden wundervollen künstlerischen Ruhepause zwischen all den netten kleinen zerbrechlichen Porzellannippesteilchen ausgelöst. Bitte beachtet auch hier möglichst, dass 2-beinige Zuschauer euch ansehen (was in diesem Stadium wahrscheinlich nur noch als anstarren bezeichnet werden kann). Vorzugsweise solltet ihr Ruheplätze aussuchen, die Teile beherbergen, die alle im Haushalt lebenden Menschen gerne unbeschädigt sehen möchten. Das Zerdeppern der berühmten Vase der Schwiegermutter könnte den Bestellvorgang ernsthaft ins Wanken bringen.

Steht zum guten Schluss endlich der ersehnte deckenhohe Kratzbaum da, gibt es nur noch eines: auf die oberste Plattform jagen und sich einen grinsen.

Bitte beachtet dieses Mal nur, dass euch dabei keiner zuschaut.

»hey – hat unsere Gute den Sprung gesehen?«
Foto: Filou

Der richtige Schlafplatz

Eine unserer weiteren Charaktereigenschaften ist die, dass wir da schlafen, wo wir es wollen. Die Vorgaben unseres 2-Beiners interessieren uns in der Regel herzlich wenig. Und wir denken nicht einmal im Traum daran, auf Kommando in unsere Körbchen zu gehen. Sind wir ein Hund?

Den mit Abstand wohl kuscheligsten Platz stellt zweifelsohne das menschliche Bett dar. Allerdings sehr gerne ohne menschlichen Inhalt. Dies bedeutet mehr Platz und keine Schnarchgeräusche. Natürlich können wir das Bett auch mit den Menschen teilen.

Solange uns zwei Drittel des Platzes zustehen.

Hier nun die Anleitung, um sich diesen Schlafplatz zu erobern. Es ist ziemlich einfach:

Version 1: Ein einmaliges lautes Konzert vor der Schlafzimmertür ab 23 Uhr. Die Tür öffnet sich wie von Zauberhand und schwups – ist man durch die Lücke gesaust und findet sich schon Sekunden später wohlig schnurrend und friedlich lächelnd im weichen Oberbett versunken wieder.

Version 2: Die Tür selbst aufmachen. Stellt euch dazu auf die Hinterpfote und drückt mit der Vorderpfote langsam die Klinke herunter. Je nachdem, zu welcher Seite die Tür aufgeht, stemmt euch gegen die Tür oder zieht sie mit der Kralle zu euch heran. Schleicht euch dann vorsichtig bis auf das Oberbett und schlaft unauffällig ein.

Es gibt natürlich auch hartnäckige 2-Beiner, die uns nach erfolgreichem Erobern der Bettdecke wieder höflich, aber bestimmt aus dem Schlafzimmer verbannen. Da hilft nur eins: Version 1.

Der geschätzte Profi-2-Beiner weiß, dass wir nachtaktive Tiere sind und Version 1 wie einen Sprung in der Schallplatte endlos wiederholen können. In den allermeisten Fällen genügt allein schon das Warmsingen der Stimmbänder.

Streicheleinheiten

Für unser Seelenleben eine äußerst wichtige Angelegenheit. Unsere Erfahrungen belegen, dass sich Menschen dabei ebenfalls sehr entspannen und sogar darüber einschlafen können. Jeder von uns dreien hat seine individuelle Taktik, um auf sich aufmerksam zu machen:

Taktik Nr. 1: »à la Rennsemmel«
Dazu gehört ein wenig Sportlichkeit. Man nehme :
- etwas Anlauf
- düse an dem 2-Beiner vorbei
- bremse ihn aus
- warte, bis er das Gleichgewicht wiedergefunden hat
- blicke anschliessend mit einem herzerweichenden Augenaufschlag an ihm hoch
- rolle sich mit einem Seitwärtspurzelbaum vor ihm auf den Fußboden

- drehe sich weiter auf den Rücken
- und klappe alle 4 Pfoten gleichzeitig zur Seite.

Taktik Nr. 2: »à la Filou«
Filou, unser Dickerchen, bevorzugt auch hier wieder einmal die Variante ohne große körperliche Anstrengung. Man setze sich mit einem herzerweichenden und hypnotisierenden Blick vor den 2-Beiner, warte bis er einen ansieht, und genau in diesem Augenblick: zack – einfach gekonnt nach hinten auf den Rücken werfen. Die unwesentlichen Fettpölsterchen an diversen Körperstellen erweisen sich auch in diesem Fall wieder einmal von Vorteil.

In dieser Rückenposition einfach liegen bleiben – wie ein schöner Bettvorleger.

Taktik Nr. 3: »Meine Taktik«
Ich persönlich schwöre auf den berühmten alten Frontalangriff. Einfach neben den 2-Beiner auf das Sofa springen, schnurrstracks auf seinen Schoß klettern, sich schön einrollen und lautstark anfangen zu schnurren.

Pünktliche Mahlzeiten

Hier helfen natürlich zum einen wundervolle schräge Konzerte. Ebenfalls zu empfehlen sind Störaktionen jeglicher Art:
 – beim Telefonieren: so tun, als wollte man das Kabel aus der Telefonbuchse ziehen oder sobald der 2-Beiner stehen bleibt, ihn sanft aber bestimmt in die Ferse zwicken.

- sich rigeros auf das Objekt seiner derzeitigen Beschäftigung stürzen: sich einfach auf die PC-Tastatur fallen lassen oder das Buch oder die Zeitschrift zur Seite drücken.
- auch ein gezielter Treter auf die Fernsteuerung des Fernsehers wirkt manchmal Wunder. Huch, das Programm verstellt oder gar die Videoaufnahme unterbrochen? Unser Repertoire kann endlos sein.

Sollte unser netter Room-Service jedoch aus irgendwelchen Gründen verhindert sein, so bleibt uns nur eines: Die »do-it-yourself«-Methode:

Schranktüre aufmachen, Futtertüte aufbeißen und schon ist der Selbstbedienungsladen eröffnet. Versteht sich ja von selbst, dass wir die Schnipselei und das Gekrümel nachher nicht wegräumen. Wir hatten ja rechtzeitig den Service gerufen.

Freie Bahn für unseren Nachtsport

Viele Menschen halten uns für Langschläfer, da wir tagsüber nun einmal recht viel schlafen. An dieser Stelle möchten wir unsere geschätzten Lieblingsmenschen gerne über den Grund informieren: Wir sind Jäger der Nacht – ausgestattet unter anderem mit einem ausgezeichneten Sehvermögen. Bei Einbruch der Dunkelheit beginnt für uns die Kernarbeitszeit. Man sieht uns selten in der Früh-, und Mittags-, gelegentlich jedoch schon überpünktlich in der Spätschicht auftauchen. In erster Linie aber nur in der Nachtschicht. Gemütlich schlafen wir uns dann am Tage wieder für die nächste Schicht fit.

Während unserer Kernarbeitszeit, also in der Dunkelheit, begegnen wir stets einem sich unablässig wiederholenden Phänomen: unsere Sehschärfe trifft auf die »besondere Entwicklung des menschlichen Gehirns«, die Mensch laut Lexikon so auszeichnet.

Drei Kater im Haus, die nachts ihrem Jagdinstinkt folgen, sollten vielleicht schon Anlass genug sein, ohne großes Nachdenken eventuell das Licht anzumachen, wenn Mensch nachts noch einmal aus dem Bett muss.

Aber nein, Mensch kennt den Weg ja. Leider vergisst derselbige dabei nur immer wieder, dass wir uns justamente in der Fortsetzung eines enorm wichtigen Räuber- und Gendarmspiels befinden und unseren Punktestand vom Vortag verbessern oder korrigieren.

Im Interesse unserer eigenen Sicherheit sollten wir spätestens jetzt eine Spielunterbrechung anordnen, unsere ausgezeichnete Sehschärfe eiligst einsetzen und zumindest unseren Schwanz, besser aber noch uns ganz in Sicherheit bringen. Bevor unser Mensch auf unser verlängertes Stückchen drauftritt. Oder gar womöglich noch über uns stolpert und dadurch einen filmreifen Stunt hinlegt.

Vielleicht hat unser Mensch vor wenigen Stunden noch herzhaft über einen solchen Stunt im Fernsehen gelacht. Aber nun hätte ich allergrößte Zweifel, ob es sich nach dem eigenen Stunt um ein und dieselbe Person handeln würde. Und wenn dabei vielleicht noch besagte Vase der Schwiegermutter den Flugschein mitmachen … oder, schlimmer noch, eine weibliche Stimme ertönen würde, die mit »Schatz, ich habe dir doch gesagt …« anfängt, mit »oh Gott, die arme Katze« aufhört und das aussprechen des Zwischenteiles »alles o.k. mit dir, Liebling? « völlig vergisst.

Seien Sie sich auf jeden Fall nur über eines sicher – und zwar darüber, dass wir alles gesehen haben. Sie wissen ja … unsere Sehschärfe.

Chrrrrrrrr
Foto: Rennsemmel

Nachtaktiv
Foto: Filou

Ein bisschen massieren kann passieren …
Foto: Rennsemmel

Den Scheitel bitte nach links …
Foto: Rennsemmel

Uiii ... Käsepfoten
Foto: Senior

Observatorium Balkonien

Autor: Senior

Unser Lieblingsplatz befindet sich unbestritten auf dem Balkon. Er ist ca. 6 m x 4 m groß. Da wir in der obersten Etage wohnen, haben wir durch die treppenstufenartige Anordnung aller Balkone einen genialen Blick auf unsere Hausmitbewohner. Netterweise hat uns unsere Gute den Balkon paradiesisch wie auch sicherheitsbewusst ausgestattet.

Geht man durch die Balkontür hinaus, befindet sich in der rechten Ecke ein kleiner Arbeitsschrank mit einer Arbeitsplatte. Sein Innenleben besteht aus Töpfen, Gartenwerkzeug und allerlei Krimskrams. Hier wird gepflanzt, umgetopft, gesät, geschnitten und gezüchtet. Und geschimpft, wenn sich im Frühbeet nur vereinzelt ein Sprössling zeigt. Und das, obwohl auf der Packung ein garantierter Prachterfolg versprochen wurde. Wahrscheinlich meinten sie die Bilanz des Herstellers.

Entgegen dem Uhrzeigersinn geht es weiter mit einem schönen Leiterregal aus Holz. Das ist die Kräuteranlage mit Schnittlauch, Petersilie, Basilikum und Rosmarin, um nur einige der Topfbewohner zu nennen. Es folgt ein kleines Holzspalier, an dem sie Tomaten hochzüchtet. Mit Erfolg. Lauter kleine bunte rote Kugeln von unten nach oben. Darauf ist sie schon sehr stolz.

Links neben diesem Spalier befindet sich in der Ecke

unser Hochsitz. Er besteht aus einem alten Baumstamm, den **sie** nach einiger Suche im Wald gefunden hatte und 3 nette Freunde dann nach oben tragen durften. Auf diesem Baumstamm befindet sich ein kleines Baumhaus mit einem weit vorstehenden Dach. Zum einen bietet dies einen guten Wetterschutz, zum anderen können wir leider über diese Ecke nicht ausbüxen. Auf dem Weg zum Baumhaus dienen uns breite Äste als Plattform zum ausruhen und beobachten.

Die Lage unseres Hochsitzes ist für uns ideal. Dort können wir die Morgensonne genießen und ab frühnachmittags liegen wir schön angenehm im Schatten. Zum anderen steht das Regal genau in der Ecke, so dass wir von dort aus die gesamte Umgebung nebst Nachbarbalkonen sehen können. Ideale Bedingungen für ein Observatorium.

Von unserem Hochsitz aus geht es weiter hinüber zur anderen Ecke. Auf dieser langen Geraden gehört uns ein 6 m langes und ca. 50 cm breites Rasenstück. Das ist eine supertolle Galoppstrecke. Damit wir auch gar nicht erst auf abwegige Gedanken kommen den Rasen zu missbrauchen, hat sie uns am anderen Ende der Rennstrecke ein kleines Katzenklo eingebaut. Es besteht aus einer Schale mit Klumpstreu. Gegen Wind und Wetter ist es durch ein kleines Holzhaus geschützt. Wirklich hübsch.

In der gleichen Ecke hat sie ein halbes Vermögen für eine große Palme ausgegeben, die ihr als natürlicher Schattenspender dient. Eine echte *Trachycarpus wagnerianus* – auf gut Deutsch: eine Wagners Hanfpalme. Sie bot die idealen Bedingungen für ein Leben in Deutschland auf einem Balkon. Sonne und Palmen gehören für unsere Gute zusammen wie Salz in die Suppe gehört. Außerdem sieht das Gewächs schon sehr edel aus und unser Gentlemen's Agreement verbietet es uns, die Palme hinaufzudüsen. Dafür haben wir zum einen in der Wohnung einen sehr schönen, wie auch hohen Kratzbaum stehen und zum anderen unseren Hochsitz.

Den Abschluss des Balkons bildet eine kleine Blumenecke mit einer schönen Holzliege zum Relaxen.

Für unsere Gute. Leider nur für unsere Gute. Wir dürfen da nicht drauf. Da ist sie wirklich eisern. Zugegebenermaßen verstehen wir es ja auch, dass es für den Menschen etwas unangenehm sein muss, im eingecremten und schwitzenden Zustand mit uns zu kuscheln. Oder im selbigen Zustand, nach einer halben Stunde ahnungslos auf dem Bauch liegend, festzustellen, dass wir es uns vorher auf dem Handtuch bequem gemacht haben.

Zu guter Letzt sei nicht vergessen zu erwähnen, dass der gesamte Balkon mit einem Katzenschutznetz gesichert ist. Dies verhindert, dass wir in blindem Jagdeifer einem Vogel hinterherrasen und dabei vergessen, dass der Balkon auch ein Ende hat. Die Erde ist von einem Balkon im Erdgeschoss von der Flughöhe her vielleicht noch als landebar anzusehen – aber was nicht sein muss, muss ja nicht sein.

Nun kennen Sie also auch unser kleines, aber sehr feines Freiluftparadies – unser Observatorium Balkonien.

Kommen wir jetzt aber noch einmal zurück zu unserem Hochsitz auf dem Balkon und damit zur Hauptbeschäftigung unserer dortigen Aufenthalte. Gerade vom Baumhaus aus lassen sich einfach alle Balkone unserer 5 Hausmitbewohner herrlich beobachten, da, wie schon erwähnt, alle Wohnungen und somit auch die Balkone treppenstufenartig angelegt wurden.

Bei unseren Nachbarn handelt es sich um eine bunte und lustige Mischung von Persönlichkeiten nebst ihren Haustieren.

Da hätten wir im **Erdgeschoss rechts** unser Hausmeisterehepaar Magali und Harry Kringel. Ein sehr, sehr nettes Pärchen. Zu Magali sei noch gesagt, dass sie eine gebürtige Französin ist. Dies ist unschwer zu erraten, da sie sich in gewisser Weise als lernresistent erweist und munter fließend Deutsch mit französischer Aussprache spricht. Wir haben ihr System bis 'eute noch nischt entschlüsseln können, warum sie an manchen Tagen konsequent das »H« nicht ausspricht – aus ich isch macht – nur um am nächsten Tag fast völlig akzentfrei zu reden. Bei dem Wort Hausmeisterehepaar erscheint es natürlich zunächst logisch, wer welche Arbeiten ausführt. In der typischen Rollenverteilung: Mann = Handwerker, Frau = Haushalt meistern sie alle gewöhnlichen, wie auch so manch ungewöhnliche Aufgaben seit ungefähr einem Jahr.

Meistens zu unser aller Vergnügen, da Harry zwar ein sehr hilfsbereiter Mann und seltsamerweise ein begnadeter Elektriker ist, aber diese berühmten zwei linken Hände besitzt, sobald es auch nur darum geht, einen Nagel gerade in die Wand zu schlagen.

Zudem hat ihn der Spruch: »Ich kann das schon ganz alleine.« seit seiner Kindheit anscheinend so fasziniert, dass er nicht davon lassen kann.

Tja, was Hänschen einmal (aufsagen) lernt, vergisst Hans nimmermehr.

»Was des Mannes Ehre, ist der Frau ihr Verbandskasten. Pflaster für die Seele und für Schrammen auf der 'aut gehören in jede gute 'ausapotheke«, pflegt Magali dann stets zu sagen.

Seit Harry's Versuch (natürlich alleine) vor zwei Wochen, Magali als Überraschung eine schicke Voliere für ihre zwei Wellensittiche auf dem Balkon zu bauen, verschwindet ihr anfangs noch heiterer Tonfall in der Stimme dabei langsam, aber merklich.

Und von einer fertigen Voliere ist Harry immer noch ein gutes Stück entfernt. Zu seiner größten Verwunderung ist ein Stück Holzlatte immer zu lang oder zu kurz. Obwohl er doch jetzt schon zum x-ten Mal nachgesägt hat. Zudem hatte ihn seine »sich-Verwickelei« in das zwar leichte, aber hohe Drahtnetz an besagtem Wochenende fast eine gute Stunde gekostet, bis er sich endlich (natürlich alleine) befreien konnte. Die anschließende Fahrt in den Baumarkt, um die zerschnittenen Meter nachzukaufen, kostete ihn dann nochmals zwei gute Stunden. Abzüglich der halben Stunde Fahrt hin und zurück verbrachte er weit über eine Stunde im Baumarkt, um

    a) einen Verkäufer zu finden, der ihm die Meterware zuschneiden konnte,

    b) sich über Präzisionszuschneidegeräte zu informieren,

    c) beruhigt festzustellen, dass er selbige bereits im

Keller hatte und

d) an der Warteschlange vor der Kasse endlich die Zeit für die lange verordneten Anti-Stress-Entspannungs-Übungen zu finden.

Fischgräte, was haben wir Tränen gelacht.

So ist es nur allzu verständlich, welchen Sprachschatz sich Jocki und Elsa, die zwei Wellensittiche unseres Hausmeisterehepaares, dank der munteren Konversation ihrer Besitzer mittlerweile angeeignet haben. Ein Highlight ist es immer wieder, wenn sie die Geschichte mit dem Hochdruckreiniger zum Besten geben. Das geht dann so:

Er: »Schatz, ich werde die Bodenplatten vor dem Hauseingang heute mit dem neuen Hochdruckreiniger bearbeiten.« Sie: »Ist gut. Bitte denk' nur dran, dass wir in drei Stunden zum Grillen eingeladen sind.« »Kein Problem, das geht schnell.«

Eine halbe Stunde später und immer noch Stille. »'arry?« »Ja.« »Alles in Ordnung?« »Ja!« »Kann isch dir 'elfen?« »Nein!! Ich komm' klar.«

Eine Viertelstunde später. Ein leichtes Brummen des Hochdruckreinigers ertönt. »'arry?« »Ja!!!« »Der Reiniger hat ja überhaupt keine Power, oder?« »Ja!!!!!!« »Na, du wirst ihn schon zum Laufen bringen. Ich 'äng' die Wäsche im Keller auf.« »Jahaa!!!«

Frau spricht's und stiefelt in den Keller. Einem siebten Sinne folgend fällt ihr Blick auf den Sicherungskasten für die Außensteckdose. In dieser steckt das Kabel des Hochdruckreinigers. »Ah, ,ab' isch's mir doch gedacht. 'arry,

'arry, 'arry – wie wär's denn mit Strom einschalten für diese Steckdose.« Sprach's und legte den Schalter um.

Justamente hielt besagter 'arry nur leider nicht den Stab des Hochdruckreinigers in der Hand, sondern drehte mehrere Meter weiter weg ahnungslos am Wasserhahn des Gartenschlauches rum. Zudem verschwand seine Frau, nach einschalten der Sicherung, mit einem zufriedenen Lächeln im Waschkeller um die Wäsche aufzuhängen.

Es dauerte schier endlose Minuten, den nun zu voller Höchstleistung aufgefahrenen Stab des Hochdruckreinigers unter Kontrolle zu bekommen. Menschen nennen dies Schrecksekunden, in denen man nicht fähig ist zu reagieren. Das Ende dieser Schrecksekunden läutete Harry's sehr hektisches »auf-der-Stelle-herumrennen« ein, begleitet von wildem Gefuchtel mit den Armen. Der Treffer eines Geistesblitzes bei 'arry beendete den Amoktrip des Reinigers.

'arry fiel der Wasserhahn wieder ein und den drehte er flugs zu. Sekunden später war auch das Stromkabel aus der Steckdose gezogen. Das Ergebnis dieses Nachmittages konnte sich sehen lassen:
- zwei wild diskutierende Eheleute
- ungereinigte Bodenplatten
- ein kahl rasiertes Rosenbeet und mehrere entwurzelte Pflanzen
- eine Menge Lehmdreck an Hauswänden, Fenstern und Abfalltonnen.
- eine Reinigungsaktion anstelle eines Grillabends.
Trotzdem geben Jocki und Elsa, die beiden Wellensittiche, die Hoffnung nicht auf, bald in ihr Freiluftquartier

ziehen zu dürfen. Schließlich ist es schon Frühsommer und die warmen und sonnigen Tage laden so verlockend nach draußen ein. Wir drücken ihnen täglich die Krallen, damit der Einzug tatsächlich diesen Sommer klappt. Die Chancen stehen gut, da bei Magali und Harry kürzlich eine Aufgabenverteilung stattgefunden hat.

Bleiben wir im **Erdgeschoss links**. Dort wohnt unser älteres Ehepaar Rudi und Charlotte Kümmel. Zwei wirklich goldige Rentner. Eigentlich die exakt ältere Ausgabe unseres Hausmeisterehepaares.

Natürlich mit diversen Ausnahmen. So besitzt Rudi zwar das gleiche handwerkliche »Geschick« seiner jüngeren Ausgabe, hat aber auch vor Elektrik einen Heidenrespekt und davon null Ahnung. In Sachen handwerkliche Fachsimpelei stecken jedoch weder Rudi noch Harry einen Schritt zurück. Es gibt Hausbewohner, die bedauern es zutiefst, eine Folge ihrer freundschaftlichen Debatten zu verpassen. Insbesondere die, in der Harry Rudi die »to do's«, also Dinge, die während seiner Urlausabwesenheit anfallen (könnten), erklärt. Rudi ist nämlich Harrys' Urlaubsvertretung.

Charlotte bleibt nach Jahrzehnten Ehe mittlerweile gelassen. Das Losungswort auf die Gattenstandardantwort »Schatz, das mach' ich nächstes Wochenende. Bestimmt.« heisst: »Selbst ist Frau.«

Die kleine Gartenlaube für Gartengeräte, die auf dem gemeinsamen Rasenstück aufgestellt werden sollte, hat sie nach einem Jahr Wartezeit kurzerhand einfach selbst bestellt. Und mit Magali zusammen aufgebaut, als die beiden Göttergatten beim Fußballspiel waren.

Trotz Ruhestand sind Rudi und Charlotte voll beschäftigt. Zum einen befinden sie sich auf der Suche nach einem passenden tierischen Gefährten. Die Problematik, sich zwischen Katze, Hund, Vogel, Kaninchen, Meerschweinchen oder gar Fischen zu entscheiden, können wir beim besten Willen nicht nachvollziehen. Und sie glauben gar nicht, was diese Suche Diskussionsstoff bietet.

Das ganze Haus ist in die Debatte verwickelt. Sämtliche Hausbewohner und diverse Bekannte wurden bei Kaffee und Kuchen ausgiebig interviewt, die Ergebnisse akribisch festgehalten, Pro- und Kontralisten erstellt. Es versteht sich von selbst, dass wir uns bei diesem Interview von unserer allerbesten Seite gezeigt haben. Dank unserem *Catikette*-gewandten Senior kann bei diesen Anlässen eigentlich fast nichts schief gehen. Im Großen und Ganzen steht *CATIKETTE* für:

C atlächeln aufsetzen

A ufspießen und Schleudern von Nassfutter ist verboten

T esten der Seidenstrümpfe ist untersagt

I ndividuelle Annäherungsversuche starten

K onzentration auf die Gäste

E innehmen von Leckerlis der Gäste ist erlaubt

T esten der Schmusefähigkeit der Gäste

T ischdeckenzupfen ist nicht gestattet

E ntfernen von Speisen und Getränken obliegt der Hausherrin

Wir warten noch immer gespannt auf den tierischen Neuzugang in unserer Hausgemeinschaft.

Zum anderen hat es sich Charlotte zum Ziel gesetzt, Heiratsvermittlerin zu spielen. Zuerst zum Leidwesen ihrer angetrauten Hälfte, der nun aber langsam Gefallen an dieser Nebentätigkeit gefunden hat. Schließlich benötigt das ausgewählte Zielobjekt seiner angetrauten Hälfte immer wieder mal handwerkliche Hilfe.

Besagtes weibliches Zielobjekt von Kümmels Vermittlungsversuchen wohnt im **1. Obergeschoss rechts.** Eine aparte Dame Anfang 50, die dank einer Heirat und deren rechtzeitiger Scheidung für ihren Unterhalt ausgesorgt hat. Katharina von Hohenwaldwiesen.

Von Charles, Katharinas Riesenpudel, wissen wir, dass allein ihre Schuhsammlung an die hundert Paare betragen muss. Selbstverständlich geordnet nach Farben und Anlässen.

Aber auch Charles' Ausstattung ist nicht ohne. Neben diversen Halsbändern, Leinen, Hundedecken, Näpfen und Wasserschälchen steht noch eine Hundekosmetikserie ordentlich im Regal. Bürsten, Kämme, ein eigener Fön, Scheren und so'n Puderzeugs. Sie haben es wahrscheinlich schon erahnt – Frau von Hohenwaldwiesen geht mit Charles auf Hundeaustellungen. Sehr zu seinem Leidwesen.

Grundsätzlich ist unsere Nachbarin ganz umgänglich und allmählich weichen auch ihre diversen Allüren. So ist zwischenzeitlich dieses Augenbrauenhochziehen verschwunden, wenn man sie im munteren Hausgebrauch mit »Hallo Kati, wie geht's?« anspricht.

Allerdings ist dies einzig und allein Johann Meiler zu verdanken. Einem attraktiven End-Fünfziger, der vor 2 Monaten in unser Haus zog. Nebst Jenny, seiner Collie Hündin. Und der von Sekunde an nicht nur Kümmels männliches Zielobjekt wurde.

Bleiben wir somit im ersten **Obergeschoss links** bei dem männlichen und heiratsresistenten Zielobjekt Johann Meiler.

Als selbständiger Innenarchitekt verfügt er neben netten finanziellen Mitteln auch über ausgeprägte handwerkliche Fähigkeiten. Rudi und Harry unterhalten sich in der Tat sehr gerne mit ihm über Gott und die Welt. Das Thema rund um Baumärkte wird jedoch eisern von den beiden im Dreierkreis gemieden. Es muss der andere ja nicht erfahren, dass man sich die supertollen Tipps von Johann holt.

Jenny, Johanns Collie Hündin, ist 4 Jahre alt und hat eine richtig gute Hundeausbildung absolviert. Rennsemmel ist schwer begeistert von ihren Agility Übungen. Mit Johann ist Jenny täglich unterwegs. Sie darf mit ins Büro, und jede nur mögliche Minute verbringen die beiden in der freien Natur.

Im Gegensatz zu ihrem Herrchen und Frauchen haben sich Jenny und Charles gleich vom ersten Augenblick an angefreundet. Neben dem Ehepaar Kümmel schmieden jetzt auch die beiden Hunde Pläne, wie man Herrchen und Frauchen zusammenbringen könnte. Es versteht sich von selbst, nebenbei Charles' Frauchen dieses Pudelgetüdel mit den Frisuren und Ausstellungen abzugewöhnen.

Es sieht nun mal einfach zu komisch aus, wenn ein Collie und ein vorn behaarter und hinten kurzrasierter Riesenpudel mit Puschel auf dem glattrasierten Schwanz durch den angrenzenden Park toben. Besser gesagt: der Collie tobt, der Riesenpudel trabt. Während Herr Meiler die beiden Hunde amüsiert betrachtete, suchte des Pudel's Frauchen immer noch die passenden Schuhe für den Freizeitausflug. Just in dem Augenblick, als sie sich endlich für die grasgrünen Flachtreter entschieden hatte, geschah das Malheur. Jenny war mit einem gezielten Anlauf und Sprung sicher über einen kleinen Bach gesprungen. Charles wollte seiner neuen Freundin natürlich in nichts nachstehen und nebenbei noch ein bisschen angeben. Schliesslich war er der Hund. In bestem Showgetrabe nahm er Anlauf – hob' elegant vom Boden ab und landete zielsicher mit dem Allerwertesten im Bach. Es dauerte eine Weile, bis sich Mensch und Tier wieder fröhlich grüßten. Zu groß war das Gelächter auf der einen und die Empörung auf der anderen Seite.

Kommen wir zu unserem direkten Nachbarn im **2. Obergeschoss links.** Unserem Sportlehrer Malte Sörensen mit seinen beiden Katzendamen Morle und Lady. Zwei hinreißenden Katzen. Unschwer zu erraten, was dann bei uns los ist, sobald die Balkontüren offen stehen. Tauchen die beiden Ladys auf dem Balkon auf, spielen Rennsemmels und Filous Hormone meistens die »Reise nach Jerusalem«. Das permanente aufstehen, setzen und ausscheiden einzelner Hormone lässt mich meine beiden Gefährten dann nicht wiedererkennen. Aus zwei normalen Hauskatern werden international erfahrene Jäger und Sammler, denen weder Höhen und Tiefen noch die Größe ihrer Gegner Angst und Schrecken einjagen.

Mit einem breiten Grinsen bat ich Rennsemmel neulich, den beiden Damen doch die Geschichte mit dem Spiegel zu erzählen.

Seine, mit einem bösen Augenfunkeln verbundene, Antwort »Das mache ich ein anderes Mal« hatte ich erwartet.

Von wegen Heldenmut. Seine erste Begegnung mit seinem Spiegelbild in Frauchens Kleiderschrank löste einen blitzartigen Bilderbuch-Katzenbuckel aus. In dieser Position verharrte er genau 2 Sekunden, dann folgte ein lauter Schrei und ein immens schneller Sprint auf den Kratzbaum. Den er vor lauter Panik aber erst im zweiten Anlauf fand.

Maltes große Leidenschaft ist das Tauchen und da hat er in unserer Guten eine Seelenverwandte gefunden. Seiner größten Herausforderung als Lehrer steht er jedoch nicht in Form einer Schulklasse gegenüber. Nein – es geht um die Orientierungskünste unseres Frauchens. Die Sache ist nämlich die, dass sie keine hat. Während Sprachen für unsere Beste kein Problem darstellen, reicht schon zweimal um die eigene Achse drehen aus, ihr zwei riesige Fragezeichen in die Augen zu zaubern. Eines für: aus welcher Richtung sie gerade kam und das andere für: wohin sie jetzt muss.

Unter Wasser hilft es jedoch herzlich wenig, mehrere

Sprachen zu sprechen, wenn man dafür nicht weiß, wo das Boot ankert. Dort sind andere Wegschilder aufgestellt als über Wasser, z. B. in Form von markanten Felsen. Diese Tatsache ist ihr bewußt und so übt sie redlich weiter, einen Kompass zu verstehen.

Einfach geradeaus tauchen und einen Umkehrkurs berechnen hat sie jetzt verstanden. Auch ein Viereck tauchen geht bereits. Meistens. Nachdem sich bei Malte schon ein nervöses Augenzucken bemerkbar machte und wir ihn am gleichen Abend noch mit Yoga-Entspannungsübungen auf dem Balkon erwischten. Die ständige ruhige Wiederholung des Satzes »Sie lernt es, sie lernt es, sie lernt es …« lässt uns vermuten, dass Malte auch das Training des positiven Denkens praktiziert.

An der Wasseroberfläche hat unsere Gute ihrer Orientierungslosigkeit jetzt ein Ende gesetzt. Und zwar durch die Anschaffung eines tragbaren Navigationssystems. Eine spontane und entnervte Kurzschlussreaktion, nachdem sie sich gleich drei mal hintereinander an einem Tag auf dem Hinweg zu einem Besuchstermin verfahren hatte. Der Ehepartner der Gastgeberin empfahl ihr ein gutes Gerät, das sie sich am gleichen Abend noch umgehend vor der Rückfahrt zulegte. Nachdem sie sich zwei mal auf dem Weg zu dem Einkaufsmarkt verfahren hatte. Leider Gottes verursachte das Ladegerät in dem Zigarettenanzünder gleich einen Kurzschluss, so dass sie den Heimweg erneut ohne Wegweiser antreten musste. Es soll eine sehr angeregte Konversation mit ihrem Beifahrer stattgefunden haben.

So – nun haben Sie alle zwei- und vierbeinigen Hausbewohner kennen gelernt. Wie Sie unschwer vermuten werden, haben wir Unterhaltung und Gesprächsstoff ohne Ende.

Vielleicht erzählen wir Ihnen darüber in einem anderen Buch mehr. Das kommt auf die Honorarverhandlungen an.

Zu Besuch bei Jocki und Elsa

Foto: Dickerchen

Das schönste Spielzeug der Welt

Autor: Zazou

Unser Frauchen riskiert es, das linke Auge zu öffnen und kurzfristig auf Sicht einzustellen. Ein kurzer Blick nach links bestätigt ihr, was sie wohl bereits im Unterbewusstsein vermutet hatte.

Es ist zu früh. Eindeutig zu früh. Präzise gesagt: es ist genau 6:23 Uhr und 15 Sekunden.

Für 5 weitere Sekunden wachen ihre kleinen grauen Zellen auf und wispern ihr schadenfroh zu, dass heute Samstag ist – der erste von nur zwei Ausschlaftagen in der Woche.

Nach einer Feier im Freundeskreis letzte Nacht verteilt das Sandmännchen, leise durch das Zimmer schwirrend, noch fleißig Portionen winziger Schlafflöckchen. Kein Wunder, dass unser Frauchen da nicht aus den Federn kommt.

Schon seit geraumer Zeit sitzen wir wie drei Statuen auf der Bettkante. Schließlich sind wir pünktliche Mahlzeiten gewohnt und bekommen langsam Hunger. Aber bis 6:45 Uhr sind es noch ein paar Minütchen und so vertreiben wir uns die Wartezeit mit Beobachten. Da kommt uns dieses Sandmännchen als eine willkommene Abwechslung gerade recht. Welch ein putziges und winziges Wesen, denken wir drei gleichzeitig.

So langsam wird Dickerchen neben mir ungeduldig und tritt bereits leicht hektisch von einer Vorderpfote auf die andere. Auch mich steckt seine Nervosität an – unser

Jagdtrieb meldet sich zu Wort. Wie auf dem Tennisplatz bewegen sich jetzt unsere Köpfe und verfolgen jede Bewegung des rumschwirrenden Sandmännchens.

Große Fischgräte, dieses Ding muss doch zu kriegen sein. Jetzt hält es mich nicht mehr auf meinem Platz. Ich bringe mich in Startposition, nehme Maß, starte geradeaus durch, zwei kurze gezielte Sprünge und – oh non, non, non – daneben. Vor lauter Eifer hatte ich es glatt nicht mitbekommen, dass Filou ebenfalls in die gleiche Richtung gestartet war. Mit einem um Verzeihung heischenden Augenaufschlag blicke ich Dickerchen an, doch dessen Gesicht verrät mir sehr schnell, dass er meine Landung auf seinem Schwanz nicht gerade sehr komisch findet. Schließlich wiege ich um die 5 kg. Noch ehe ich mir Gedanken um eine passende Entschuldigung machen kann, ist er hinter mir her.

Wow – ein supertolles Circle-Training früh am Morgen. Sport vertreibt doch Hunger und Kummer. Insbesondere ein Schlafzimmer bietet schlichtweg hervorragende Trainingsmöglichkeiten für Kondition, Sprungkraft, Schnelligkeit, Versteck- und Fangen spielen. Das reinste Fitnessstudio sage ich euch. Meist findet unser Training auch unter vielen »Anfeuerungsrufen« der menschlichen Schlafzimmerbewohner statt.

Doch selbst dafür ist die Gute heute morgen noch viel zu müde.

Frühsport am Morgen lässt unseren Senior wie üblich völlig kalt (wie zu jeder anderen Tageszeit übrigens auch).

Angezogen von unserem Toben trollt er sich zwar recht neugierig, aber noch viel zu müde von der Bettkante herunter. Ein kleiner Sprung und schon vergräbt er sich mit einem leicht verzückten Lächeln schnurrend unter die Bettdecke.

Ein leiser Schwall müder, französischer und dezenter Flüche lässt uns von 100 auf 0 in 2 Sekunden runterbremsen. Jetzt müssten sie uns einfach sehen können. Ein eleganter Bremsschwung, den wir uns im Fernsehen beim Skifahren abgeguckt haben, und schon sitzen wir in schönster Fotopositur auf der Bettkante. Es fehlt eigentlich nur noch der Heiligenschein.

Langsam, seeehr langsam erscheint ein blonder Lockenkopf unter der Bettdecke hervor und zwei mächtig müde, aber dennoch kreisrunde blaue Augen schauen uns vorwurfsvoll an. »Cats … «, sagt sie und setzt sich hin, »Cats – es ist Samstag«. Anscheinend muss ihr das Kopfhochheben nicht so gut bekommen sein, denn schon verschwindet sie langsam wieder unter der Bettdecke.

Dort wird sie bereits mit einem begeisterten »Ohranknabbern« von unserem Senior begrüßt. Ein zweiter Wortschwall ist die Antwort. Wortfetzen wie »… verdammt … Tür offen gelassen … ich kriege gleich eine Krise …« dringen zu uns herüber. Aber auch das lässt unseren Senior völlig kalt.

6:40 Uhr. Leichte Schmatzgeräusche verraten uns, das sich Senior in der Tiefschlafphase befindet und sich im Traum seiner zweiten Lieblingsbeschäftigung widmet:

sich durch eine mit Köstlichkeiten gedeckte Speisetafel zu fräsen. Das Zucken mit der Pfote lässt darauf schließen, das der gnädige Herr wieder gekleckert hat.

6:41 Uhr. Ich meine ein »Bonny – hör auf zu schmatzen« gehört zu haben.

6:45 Uhr. Dann können wir dem Zeh, der da so vorwitzig unter der Decke hervorguckt und wackelt, nicht länger widerstehen. Er ist und bleibt einfach das schönste Spielzeug der Welt.

Und ein zuverlässiger Wecker zugleich.

Gooood Mooorning …
Foto: Frauchen

Uahhhh – Sport …
Foto: Senior

Der Bademeister

Autor: Zazou

»… dieses Papierbällchen regt mich auf, es R-E-G-T mich wirklich auf … aber jetzt – tschak – Tooor – Tooor. Genau unter die teure Stereoanlage geschossen.«

Beifallheischend drehe ich mich um, doch Frauchen hängt immer noch vertieft über einer Zeitschrift. Pfff, Menschen. Da spiele ich schon seit Minuten Fußball wie Catonaldo, aber keine Reaktion. Sie interessiert sich halt nicht für Fußball – und das als waschechte Dortmunderin. Irgendwie ist es ihr sogar etwas peinlich, aber sie kann halt auch nichts für diese »Fußballfehlgenfunktion«. Wie langweilig.

Und wer holt mir jetzt das Papierbällchen unter der Stereoanlage hervor? Natürlich, mal wieder niemand. Betrübt und mit einem tiefen und lauten Seufzer schaue ich unter die Anlage. Vielleicht komme ich ja mit meiner Pfote dran. Nach diversen Verrenkungen und fast steckenbleiben gebe ich schließlich resigniert auf. Es nützt nix, die Pfote ist einfach zu kurz. Auch meine zwei Kameraden kann ich dafür nicht um Hilfe bitten: der eine hat noch kürzere Pfoten, der andere ist zu dick.

Bei diesem allgemeinen Desinteresse an meinen Ballkünsten verschwinde ich nun beleidigt an meinen schlafenden Kameraden vorbei in das Badezimmer. Auf halbem Wege fangen meine Schnurrhaare schon leicht zu vibrieren an. Ich halte einen Moment inne. Ob es wohl sein kann? Die letzten Meter bis ins Bad sprinte ich los. Es kann! Oh gutgütige Fischgräte – WASSER. Und zwar eine ganze Badewanne voll davon.

Aber es kommt noch besser: das Wasser ist noch ohne Badeschaum. Ein kurzer, prüfender Blick ins Wohnzimmer ... die Luft ist rein. Frauchen liest noch immer in ihrer Zeitschrift.

Allez hopp – jetzt also nichts wie rauf auf den Wannenrand. Wie das Wasser doch wieder glitzert. Verträumt blicke ich auf die Wasseroberfläche. Doch langsam spüre ich, wie sich meine Nackenhaare leicht aufstellen. Ich ahne nichts Gutes. Und urplötzlich entdecke ich ihn. Meinen Erzfeind – den blöden, giftgrünen Frosch. Und schon formt sich mein Körper in Zeitlupe zu einem U – ein wunderschöner Katzenbuckel mit 4 kerzengrade durchgestreckten Beinen. Sekunden später klappt auch mein Schwanz pfeilschnell nach oben. Jedes einzelne Fellhaar steht akkurat in einem 90 ° Winkel zur Haut. Wie aus dem Lehr-, und Bilderbuch.

Mein Puls rast, als sich das Ding langsam wippend auf mich zu bewegt. Ich fauche leise um meinen Gegner einzuschüchtern.

Sekunden vergehen. Dann sinkt mein Adrenalinspiegel wieder auf Normalmaß. Mit Erleichterung stelle ich fest, Gott sei's gedankt, dass »Frosch« immer noch am Grund der Wanne mit einer Kette festgebunden ist.

Der geneigte Leser muss als Vorgeschichte wissen, dass ich nämlich vor einigen Wochen aus Versehen in der trockenen Wanne auf ihn draufgetreten habe.

Das kam gar nicht gut. Was quietschte der auf einmal wie wahnsinnig los.

Mein Frauchen bedauert es heute noch, in diesem Moment keinen Fotoapparat zur Hand gehabt zu haben. Ich soll zusammengefaltet wie ein Klappmesser hochgeschnellt sein und in der Luft noch die Kurvendrehung eingeleitet haben. Mit aufgestellten Haaren und kreisrunden Augen hätte man mich bereits Sekunden später auf der obersten Plattform des Katzenbaumes wiedergefunden. Dickerchen und Senior versicherten mir noch Tage später anerkennend, dass mein Katzenbuckel auch hier wieder die Bestnote 10.0 verdient hätte. Wie ich das geschafft habe, weiß ich leider nicht mehr, aber seien Sie versichert, dass ich auf derartige Adrenalinschübe keinen Wiederholungswert lege.

Seit diesem Zeitpunkt begegnen »Frosch« und ich uns auf alle Fälle mit echtem Respekt. Keine zwei Zentimeter traue ich diesem Ding seither mehr über den Weg. Hinzu kommt noch, dass grün noch nie meine Farbe war. Gelb wie Käse sagt mir schon viel eher zu.

Et voilà – jetzt stehen wir uns erneut gegenüber. Noch hat er mir den Rücken zugedreht und so beobachte ich ihn vorsichtig aus dem sicheren Hinterhalt. Doch »Frosch« ignoriert mich völlig und starrt mit kreisrunden Augen den Wasserhahn an.

Ich hole tief Luft – die Gelegenheit ist zu günstig. Endlich könnte ich ihm eine saftige Lektion erteilen und ihm zeigen, wer hier das Sagen hat.

»Auch ein schöner Rücken kann entzücken …«, denke ich noch, balanciere pfeilschnell auf dem Badewannenrand Richtung Wasserhahn und tauche »Frosch« blitzschnell mit einer Pfote unter. Meine, in gleicher Sekunde eingeleitete, Fluchtaktion begann vorschriftsmäßig.

2 Sekunden später fand ich mich jedoch am Beckenrand hängend wieder – ab Mitte abwärts im Wasser. »Non, non, non«, zische ich entnervt durch die Zähne. Schon wieder reingeflogen. Fischgräte, bis das wieder trocknet und ahhhh – urplötzlich taucht ein giftgrünes schwimmendes Grinsen neben mir auf. Voller Panik starte ich durch. Fliege regelrecht aus der Wanne, jage mit mir bis zum Hals schlagenden Herzen geradeaus – direkt in die Handtuchfalle. Sekunden später bin ich darin eingewickelt. Mittlerweile ist die Gute nicht mehr so hektisch wie bei meinem ersten Wannenabsturz und kennt sich zudem mit 4 wild rotierenden Pfoten im Stil »Hubschrauberrotorblätterstartgekreisel« aus. Mit einem »... du solltest dich als Bademeister im Schwimmbad bewerben ...« werde ich wieder ausgewickelt. Mein prüfender Blick in den Spiegel erklärt mir anschließend ihr hemmungsloses Gelächter. Haben Sie schon mal eine Maine Coon vorne trocken und hinten nass gesehen? Der zudem auch noch die Panik ins Gesicht geschrieben steht? Hat da jetzt jemand etwas von »Beine wie Stelzen ...« gesagt? Meine Damen! Meine Herren! Das ist schlanke und durchtrainierte Muskulatur pur!

Entnervt drehe ich mich um. Dickerchen und Senior platzen bald vor lauter Lachen. Am liebsten würde ich die beiden ebenfalls in die Wanne werfen. Würde mich brennend interessieren, wie die zwei dann nass aussehen.

Als die beiden mein gedankenvolles Gesicht deuten, verstummen sie lieber schnell. Ein Bad möchten sie dann doch nicht riskieren. Das wäre definitiv zu nass.

F-r-o-s-c-h-a-l-a-r-m
Foto: Senior

Dickerchen – der Held des Tages ...
Foto: Senior

Meine Trockenzeit verbringe ich dann vor der Heizung liegend und höre Frauchen aufmerksam zu, die mir einen Artikel über meine Rasse vorliest:

»Die Maine Coon sollte eine ausgewogene Katze mit rechteckiger Körperform darstellen.«
Nun, im trockenen Zustand: Ja.

»Sie besitzen zudem eine ausgesprochene Geschicklichkeit darin, Futter mit den Pfoten aufzunehmen.«
Um dies unter Beweis zu stellen, spielen wir sehr gerne das Spiel »NiDo«. Sie kennen das noch nicht?

Es funktioniert so:

Mit der Pfote haut der Spieler Katze einmal dezent in den Napf mit Trockenfutter rein. (Für Fortgeschrittene empfiehlt sich Nassfutter. Dies lässt sich viel besser mit der Kralle aufspießen und anschließend mit genialen Effekten durch die Gegend schütteln.)

Das anschließende »Hinter-jedem-Krümel-Herjagen« hält gleich beim Fressen die Linie schlank und schärft die Reaktionssinne. In meinem Alter schon äußerst wichtig.

Die Rolle des Spielers Mensch besteht dann darin, ganz schnell »Ni(cht)Do(ch)«. zu rufen. Dann hören wir vielleicht auf. Aber auch nur vielleicht.

»Sie sind große und natürliche Tollpatsche. Oft benehmen sie sich wie ein kleiner Clown.«
Naja, naja. Nicht zuviel des Guten. Allerdings haben mir meine 2 Artgenossen bestätigt, dass mein Purzelbaum einfach sehenswürdig ist.

Dann kann ich noch Sachen apportieren. Zwar nicht immer und auch nicht immer öfters, aber wenn ich will. Eigentlich nur, wenn ich will.

Lasse ich dann noch meinen ganzen Charme spielen, kann ich sogar wie ein kleines Täubchen gurren. Der weibliche Freundeskreis meines Frauchens ist dann immer hin und weg, sage ich Ihnen.

Wofür ich jedoch wirklich nichts kann, ist, dass wenn man mich an einer bestimmten Stelle am Kinn krault, mein Näschen zu tropfen anfängt. Tja, Kater kann's oder Kater kann's nicht. Ich kann's!

»Maine Coons schlagen, bevor sie zu trinken beginnen, mit der Pfote sehr oft kurz, aber kräftig auf die Wasseroberfläche. Sie lieben Wasser.«

Bon, an den gelegentlichen Abstürzen in die Badewanne muss ich noch arbeiten. Solange kein Schaum drin ist, geht es ja noch. Aber mit Schaum? Fischgräte nein, dann wird endlos mit klarem Wasser nachgespült, damit das ganze Seifenzeug restlos aus dem Fell verschwindet. Und dann dieser Duft. Haben Sie schon einmal tagelang nach Parfüm geduftet? Mich hätte ja keine Katzendame in diesem Zustand angesehen.

Doch, Spaß am Wasser habe ich. Und es gibt eine Disziplin, in der ich regelrecht unschlagbar bin. Das »Wassernapfausplantschen«. Mein persönlicher Rekord steht bei 6-mal nachfüllen an einem Tag. Kann hier jemand überbieten?? Und wissen Sie noch etwas? Ich bin stolz darauf! Jedem »Tierchen sein Pläsierchen«. Und wer hat schon seinen Wassernapf im Spülbecken stehen – hm? Hm?

Frauchen war es letztendlich leid, jeden Morgen im Dunkeln nasse Socken zu bekommen (Wir stehen hier erneut dem gleichen Phänomen des »Nicht-Licht-Anmachens« gegenüber wie schon gehabt, da Mensch den Weg ja ohne Licht kennt). So erhielt ich eines Tages eine alte Rührschüssel als Wassernapf. Diese wurde jedoch zur Sicherheit in das Spülbecken gestellt. Sehr zum Missfallen unseres Dickerchens. Der musste sich nun echt bewegen.

Die neueste Errungenschaft des Haushaltes besteht jedoch in der Anschaffung eines Aquariums. Und das nur für uns. Unser aller heißgeliebte Madame war der Rührschüssel kurze Zeit später auch überdrüssig und suchte eine
- dekorative
- praktische
- nützliche
- und standfeste Wasserbehälterlösung für uns 3.

Ein Aquarium. Das war's. Sprach's und sauste sogleich los. Eine Stunde später erschien sie mächtig stolz mit einer großen, rechteckigen klaren Plastikbox und einigen schönen weißen Steinchen in der Tür.

Die Neugier stand uns ins Fell geschrieben. Den passenden Stellplatz für das Aquarium haben wir gemeinsam ausgesucht. Während unsere Madame Wasser holen ging, schoben wir die Box fix an die richtige Stelle. Sie hätte uns sonst abends auf dem Beschleunigungsparcours im Weg gestanden.

Nach und nach füllte sich die Box mit Wasser und respektvoll schlichen wir um sie herum. Frauchen arrangierte sogar eine kleine Plattform, von der man bequem aus dem Aquarium trinken konnte. Perfekt – wir mussten der Guten mal wieder ein Kompliment machen. Meine Rekorde im Wassernapfausplantschen hatten sich damit zwar erledigt, aber hier konnte man wesentlich ausgelassener mit dem Wasser spielen.

Und Frauchen setzte dem Ganzen noch das i-Tüpfelchen auf: Mit einem »… wo hab' ich denn nur wieder meinen Kopf gelassen … ich hab' die Fische in der Tüte vergessen!«, zauberte sie 3 bunte Prachtexemplare in unser Aquarium. Langsam sanken sie auf den Kieselboden. Dort lagen sie und starrten zu uns hinaus. Wir lagen vor ihnen und starrten zu ihnen hinein. Stundenlang. Unbeweglich. Keine Seite traute der anderen.

Nachts hielt ich es dann nicht mehr aus. In einer ziemlich pfotenfeuchten Aktion habe ich die Jungs auf Herz und Nieren getestet:

sie sind leider aus Plastik. Wie uncool.

Der Rekordhalter
Foto: Senior

Schubidu – ich schau' dir zu …
Foto: Filou

Online

Autor: Zazou

Ein Highlight unserer Wohnungsausstattung stellt ein seltsames beigefarbenes Ding auf ihrem Schreibtisch dar. Darauf steuert unsere Gute regelmäßig allabendlich zu, wenn sie die Wohnung betreten hat. Zusteuern ist eigentlich nicht der richtige Ausdruck – nennen wir es lieber »Hürden-Hindernis-Entengang«. Das beschreibt ihr Gestakse zum Schreibtisch präziser.

Wie Sie es nun sicher erraten haben: Wir sind die Hindernisse. Schließlich muss sie an und über uns vorbei, sich bücken und uns streicheln – oder glauben Sie, wir lassen diesem Ding den Vorrang vor Streicheleinheiten und unserer Fütterung?

So spielt sich fast jeden Abend folgendes ab:

»Jungs … sie kommt.« Dieses Alarmsystem funktioniert wie bei den Murmeltieren – aufgrund unseres extrem guten Gehörs wissen wir schon beim ersten Schritt aus dem Aufzug, zu wem dieser Gang gehört.

Im Gegenteil zu Murmeltieren verschwinden wir allerdings nicht in unsere Lieblingskuschelhöhlen, sondern haben schon 2 Sekunden später sämtliche Belagerungspositionen eingenommen. Es gibt eigentlich nur zwei strategisch supergute Belagerungspositionen:

1. auf dem Boden, direkt hinter der Haustür,
2. auf einem kleinen Schrank neben der Haustür.

Der Schlüssel ist schon im Schloss – die Tür geht langsam auf und mit einem lautstarken Konzert (abgesehen davon, dass wir wirklich Kohldampf haben, macht es so einfach auch mehr Spaß) begrüßen Filou und Senior hinter der Tür erst einmal den rechten Fuß, der sich und uns langsam in die Wohnung schiebt.

Nun kommt die zweite strategische Belagerungsposition zum Zuge. Durch die leicht erhöhte Position auf dem kleinen Schrank neben der Tür erreicht man fast ihre Kopfhöhe. Dies beschert dem menschlichen Ohr wiederum eine wesentlich verbesserte Klangqualität. Das Trio »FiBoZa« in voller Lautstärke. Wahnsinn.

So langsam steht unsere Gute dann endlich im Flur und zwischen »Hi, ihr Süßen«, »Oui, oui – ich bin ja schon da … «, »Ksch – looos, nun huscht doch mal ein Stückchen zurück …«, »Jungs – gezz aber zackig aus dem Weg«, wickeln wir uns gleichzeitig um ihre Beine.

Handtasche, Schirm und die Einkaufstüte werden an die Seite gestellt. Durch das »sich-aus-dem-Katzen-entwickeln« gerät sie leicht aus dem Gleichgewicht und … ooouups – beinahe wäre sie unserem Dickerchen dabei auf den Schwanz getreten.

Mit einem »Help – überall Katzen« ist sie dann dem Schreibtisch zwei Schritte näher gekommen. »Bitte – lasst mich doch nur eben diese 2 Knöpfe drücken – bis der PC hochgefahren ist, habt ihr schon dreimal eure Schüssel leer gefressen.«

Wir sehen uns an. Gut – geben wir ihr 7 Sekunden zum Knöpfe drücken. Jetzt ist Senior an der Reihe, den Fütterungsprozess zu beschleunigen.

Mit einer unglaublich guten Taktik. Man stelle sich hinter Frauchen, halte dabei den Kopf gerade und visiere ihre Ferse an. Zwei Sekunden später den Kopf um 45 ° zur Seite drehen und sie leicht in die Ferse zwicken. Das wirkt immer. So schafft sie das Knöpfe drücken in Rekordzeit. Dieses Fersenzwicken kann sie einfach nicht leiden.

Den Weg zurück in die Küche scheuchen wir sie in Windeseile. Natürlich unter lautstarkem Gesang – so, wie sich das für echte Miezekatzen einfach gehört. Wir haben jedes Mal einen Heidenspaß dabei.

Zumal unsere musikalische Einlage auch bei den zwei Katzendamen enorm gut ankommt. Erst neulich wurden wir von ihnen gefragt, wem denn dieser ausgezeichnete Bariton gehören würde. Zwei Kater, die ich jetzt namentlich nicht erwähnen möchte, streiten sich immer noch.

Die gefüllten Schüsselchen bringen uns dann natürlich endlich dazu, erst einmal alles stehen und liegen zu lassen. Und vorerst mit dem Gesang aufzuhören.

Das gibt unserer Guten Zeit, sich um dieses Ding auf dem Schreibtisch zu kümmern – welches sie schlicht und einfach ihren »PiCi« [sprich: Pie|ßie] nennt.

Seniors Nachschlagen im Lexikon ergab, das es sich hier um eine elektronische Rechen- und Datenverarbeitungsanlage handelt. Oder einfach Computer genannt.

Um diese Zeit müsste »PiCi« dann endlich hochgefahren sein. In der Zwischenzeit wissen wir, dass mit dem »hochfahren« **nicht** gemeint ist, dass etwas mit dem Aufzug nach oben gefahren kommt. Wir haben es gete-

stet und anfangs bei Nennung des Wortes »hochfahren«
total gespannt die Wohnungstür beobachtet. Wir sind
nun einmal recht neugierig. Doch nichts geschah.

Das Verhältnis zwischen Frauchen und ihrem »PiCi«
können wir nur in die Kategorie »kurios« einordnen.
Soweit wir wissen, unterhalten sich Menschen mit Menschen, mit Tieren und mit Pflanzen – kurz gesagt: mit
allem, was so lebt. Die angeregte Konversation mit einem
leblosen Teil sollte der Gattung Mensch jedoch einen
glatten Zusatzeintrag in das Lexikon verschaffen. Ein
energisches »Mach schneller!«, begleitet von zackigem
Fingertrommeln, läutet den Schlagabtausch zwischen
Mensch und Maschine ein.
   Da der »PiCi« seltsamerweise genau dann anfängt, auf
ihre Kommentare zu reagieren, sind wir der von uns
aufgestellten Theorie nicht mehr sicher, ob ein Computer nicht doch lebt. Warum sonst würde er tagelang
vernünftig rumstehen und auf einmal anfangen, ein Ei-
genleben zu entwickeln ...?

Wie wir aus definitiven Angriffen auf »PiCi« wissen, gibt
er ohne dieses Knöpfe drücken keinen Ton von sich. Wir
haben ihn angefaucht und ihm erprobte Tatzenhiebe
verteilt. Keine Reaktion.

Und dann diese Zusatzteile. Die Bezeichnung »Maus«
wurde von uns anfangs gründlich und gewissenhaft
falsch verstanden.
   Wie Sie sicherlich wissen, betrachten wir Mäuse als
eines unserer Lieblingsspielzeuge und sie nehmen in

freier Wildbahn die Pool-Position auf unserem Speiseplan ein.

Rennsemmel drehte jedenfalls gleich durch. Knallte »Maus« eins, dass sie nur so durch die Gegend flog. Ein eleganter Sprung hinterher … und sauber daran vorbeigeflogen. Im Gegensatz zu ihm hing diese »Maus« an einem Kabel fest. Und ungenießbar war sie obendrein.

Aus gut informierten Quellen wissen wir ebenfalls, das unsere 2-Beinerin, aufgrund ihrer ersten PC Anschaffung vor einigen Jahren (ohne auch nur die geringsten Kenntnisse), die Fachabteilung eines anonym bleibenden Kaufhauses nicht wieder betritt. Sie befürchtet noch heute die Wiedererkennung des Personals, das flach auf dem Boden lag, nachdem sie den Verkäufer pikiert zusammengefaltet hatte, der ihr als letztes fehlendes Teil eine (PC) Maus holen wollte. Frauchens energische Begründung, sie hätte Katzen zu Hause, ließ auch ihren Kollegen hilflos wie ein Taschentuch über den Einkaufswagen zusammensinken – hemmungslos lachend, wie alle anderen auch. Seit damals haben sich Frauchens PC Kenntnisse allerdings enorm verbessert. Heute stellt auch das Schreiben von Webseiten kein Problem mehr für sie dar.

Zurück zum Schlagabtausch. Ihre »Lieblingsmeldung« beinhaltet eindeutig den ungefähren Wortlaut: »*Diese Anwendung wird aufgrund eines unbekannten Fehlers geschlossen.*«

Das war's.

Das bringt sie in Fahrt. Von 0 auf 100 in 1 Sekunde

entlädt sich ein enormer 3-sprachiger Wortschwall über den grauen Kasten.

Irre – einfach nur irre. »PiCi« könnte einem fast leid tun.

Unglücklicherweise arbeitet unser Frauchen bei diesen Fehlermeldungen meist gerade mit mehreren Programmen gleichzeitig und hat womöglich eine Zwischenspeicherung ihrer Arbeiten bis dato vergessen. Dank dieser genialen Fehlermeldung geht auch dies dann nicht mehr.

Jetzt kann nur noch ein kompletter Neustart »PiCi« zum Leben erwecken.

Meist sitzt Senior ihr dann gerade im Weg, Dickerchen bekommt Hunger und meiner einer kann es nicht lassen, mal eben auf den Schreibtisch zu springen, um Trost zu spenden. Meine Landung erfolgt dann nicht immer, aber meistens zu oft punktgenau auf der Tastatur.

Ergebnis: Ein marineblauer Bildschirm mit dem ungefähren Wortlaut, dass dies ein Treffer war und das System jetzt völlig überladen ist.

Wow – wiegen kann »PiCi« nun auch noch. Für unser Frauchen eindeutig zu viel des Guten.

Bei einem dieser Abstürze klingelte im selben Augenblick das Telefon.

»Mum? Ich kann jetzt im Moment leider nicht mit dir telefonieren – mir ist gerade der PC abgestürzt und … wie bitte? Nein, nein der Computer ist mir nicht vom Tisch gefallen. Es sind nur die Programme, die nicht mehr funktionieren und das kriege ich schon wieder hin. Wie bitte? Nein, ich brauche dabei nicht schwer heben. Ja – ich rufe in ein paar Minuten zurück.«

Logisch, dass wir wie drei heilige Engel daneben gesessen haben – mit dem wohl breitesten Grinsen, was Katzen auflegen können. Wir zeigen es Ihnen nur nicht. Schließlich wissen auch wir, wann das i-Tüpfelchen erreicht ist. Zudem haben wir vorhin in der Einkaufstasche Forellenfilets gesehen.

Nach diesem Computerabsturz, der Gott sei Dank selten vorkommt, und einem ordentlichen Abendessen mit Forelle (als Snack auch für uns) erklingt alsbald das wohl bekannte Geräusch von verstimmten Gitarren.

Online. Fischgräte – sie surft im Internet. Das ist das Startsignal für uns. Diesmal müssen wir extrem gut aufpassen. Gott sei Dank steht der Katzenbaum direkt neben dem Schreibtisch. Unauffällig nehmen wir unsere Positionen ein: Dickerchen oben, Senior in seiner blauen Höhle hinter ihr und meiner einer sitzt gähnend neben dem Bildschirm. Das Starten des PCs stellt mittlerweile kein Problem mehr für uns dar, aber die Surf-Lektion fehlt noch in unserem Repertoire.

Jetzt kommt's: Doppelklick auf die kleinen Telefone, ts, ts, ts, das Passwort ist glücklicherweise gespeichert (sehr gut), und nun ein Doppelklick auf dieses Symbol mit dem e – gespannt verfolgen wir ihre Mausklicks und Eingabebefehle.

2 Tage später. Frauchens verwundertes Gemurmel vor dem Bildschirm. »Ich hatte als Einstiegsseite bestimmt nicht die des Katzenshops eingestellt.« Ein kurzer, fragender Blick fällt auf uns. Unschuldig flötend und mit den Schultern zuckend antworten wir

dieser unausgesprochenen Frage. Woher sollten wir das wissen – haben **Sie** Katzen schon einmal im Internet surfen gesehen?

»Hast du dir die Seitenadresse gemerkt, falls sie die Seite nun löscht?«, fragt Filou Senior nervös und mit knurrendem Magen. »Da war dieses superklasse Futter im Angebot und das gilt nur noch diese Woche.«

»Keine Panik, ich hab' mir die Adresse notiert, und wenn nicht, finden wir sie über die Suchmaschine schon wieder.«

»Nur Fressen im Kopf«, maule ich, »wo bleibt mein Spielzeug?« »… und diese plüschigen Schlafplätze erst einmal!« Das war Senior.

Wir halten Kriegsrat. »Wir stellen ihr jeden Abend eine andere Seite als Startseite ein – zuerst Futter, dann Spielzeug und dann die Plüschsofas.« »Jungs, das ist zu auffällig. Wir nehmen gleich die Bestellseite und tragen alles ein. Ihr glaubt doch nicht im Ernst daran, dass sie uns verdächtigen wird. Sie wird nur denken, dass sie es gestern bestellen wollte und einfach nur vergessen hat, die Bestellung abzuschicken. «

1 Woche später: Ein glücklicher Filou mit verträumtem Blick auf die Futtervorräte – ein Rennsemmel, der bereits das zweite neue Spielzeug testet und ein schmatzender Senior, der schon seit Stunden auf dem tollen Plüschsofa schläft. Ihr glaubt uns nicht? Probiert es aus!

Was bestelle ich denn jetzt bloß….?
Foto: Senior

Auf Shopping-Tour
Foto: Filou

Die Dame in grün

Autor: Filou
Wohnsitz: Genf

N icht dass Sie denken, wir wären Feiglinge. Biologisch gesehen gehören wir nämlich zur Klasse der Raubkatzen. Mutig, kampferprobt und -erfahren, zielsicher und angriffslustig – sozusagen die Miniaturausgabe unserer großen Artgenossen wie Löwe, Tiger & Co. Theoretisch gesehen nehmen wir es mit fast allem auf, was da so kreucht und fleucht.

Wie gesagt – theoretisch – und mit fast allem.

Heute ist so ein »fast-Tag«. Eine äußerst seltsame Stimmung liegt in der Luft. Rennsemmel dreht schon seit Minuten Runden à la Schumacher – pausenlos im Kreis herum und ohne Boxenstop. »Er hat mal wieder Hummeln im Hintern«, so definiert unser 2-beiniges Schmuckstück dieses Rumgerase.

»Deine Rennerei macht mich rappelig«, will ich ihm noch zurufen, doch da ist er bereits schon wieder 3 Meter weiter weg.

Nur unser Senior sitzt schon seit geraumer Zeit wie eine Statue auf dem Katzenbaum. Eulenhaft blinzelt er zu uns herunter. »Jungs«, ertönt es von oben, »Jungs … ich ahne etwas«, und bedächtig wackelt Senior mit dem

Haupt. Mit einem »Ach was!« düst Rennsemmel jetzt um den Baum herum.

»Könntest du bitte die Güte mit der Freundlichkeit verbinden und uns an deiner Weisheit teilhaben lassen?«, schicke ich ihm ehrfurchtsvoll per Luftpost nach oben.

»Natürlich«, schwebt es zu mir herunter.

Ich warte. Und warte.

»Und … heute noch?«, trommle ich ungeduldig nach oben.

»Tierarzt«, ertönt es mit leichtem Beben in der Stimme von ganz oben.

Fischgräte hilf – meine Knie werden weich und ich fühle mich auf einmal so entsetzlich leicht. Mit einem scheußlichen Quietschen läutet Rennsemmel seinen Boxenstop ein. Langsam nähert er sich dem Katzenbaum.

»Du musst dich irren«, hauchen wir im Duett, »das Jahr kann noch nicht soooo schnell vorbei sein. Sag, dass du dich irrst.«

»Keine Chance«, ertönt Seniors Donnerstimme, »meine Berechnungen stimmen.«

»Ich muss mal«, wispert Rennsemmel und verschwindet auf die Toilette. Auch bei mir macht sich jetzt ein leichtes Zwicken und Kneifen bemerkbar. »Oh là là, gib Hackengas – ich muss auch mal.« Auf allen vieren hampelnd stehe ich vor dem Toiletteneingang. »Du kannst doch auch das andere Klo nehmen. Bin aber schon fertig«, ertönt es aus dem Innern, und schon sprintet er an mir vorbei.

5 Minuten später sitzen wir drei auf dem Teppich. Kriegsrat. Alarmstufe rot.

»Dieser kalte Tisch.« »Sie hat mich gepiekst.« »Mich

auch.« »Und mich erst einmal.« »Dann hat sie unter meinen Schwanz geguckt – empörend so etwas.« »Und mir in den Hals – wofür im Leben soll das gut sein?« „Typisch Arzt – erklären tun se wieder nix«. »Nervtötend, diese Hunde im Wartezimmer.« »Ja – und den Vögeln und anderen Kleinviechern darf man noch nicht einmal vernünftig Guten Tag sagen. Obwohl das mordsmäßig Spaß machen würde.«

Ein Geräusch an der Haustür lässt unseren Puls mächtig und blitzartig nach oben schnellen.

»Ach du liebe Fischgräte«, ertönt es 3-stimmig und schon sehen wir Seniors Berechnungen aufgehen. In Form von 2 Katzenkörben, die sich langsam, aber sicher samt Frauchen in den Flur schieben.

... dem Chor verschlägt's die Sprache. »Hi meine Süßen« – dies ist die Stimme der Solistin.

Diverse Minuten und 3 Handgriffe später befinden wir uns hinter Gittern. Die Fahrt in die Höhle des Löwen kann beginnen.

Zuerst geht es 8 Stockwerke tiefer in die Garage. Aber nicht, dass Sie denken, dass es uns bei der ganzen Angelegenheit die Sprache verschlagen hätte. Dafür ist die Akustik im Haus einfach viiiiel zu gut.

Bis zum Auto durfte sie bestimmt 10-mal diverse Nachbarn beruhigen, dass es uns nicht an den Kragen geht, sondern lediglich ein Kontrollbesuch beim Tierarzt anstünde. Wenn Tiere doch sprechen könnten.

Mit einem verständnisvollen Lächeln verstaut uns Frauchen in den Kofferraum ihres Autos. Die Autofahrt in Richtung Grenze dauert ungefähr 15 Minuten. Natürlich nehmen wir auch in dieser Zeit den Soundcheck vor. Dann geht es auch schon los. Raus aus der Tiefgarage und rein in den Strassenverkehr. Anerkennend müssen wir zugeben, dass unsere Beste eine gute Autofahrerin ist. Wenn doch nur die anderen Verkehrsteilnehmer ebenfalls über ein gleichwertiges Niveau verfügen würden. Aber non – gerade erst aus der Tiefgarage raus steht ihr schon das erste Hindernis im Weg. In Form eines roten Mercedes. Hinter dessen Fahrersitz können wir einen Herrenhut entdecken. »Oh je ... die Sperrzeit für diesen Autofahrertyp ist vor 5 Minuten abgelaufen ... sie dürfen wieder fahren. Was macht er denn da? ... Junge, du bist aus der Garage raus – hier kann man nicht mehr parken. Du blockierst ... das glaub' ich jetzt nicht!«

Unsere Köpfe folgen ihrer Blickrichtung. Von rechts saust im Eiltempo die bessere Hälfte des Hutträgers an. Die beiden hatten sich doch glatt vor der Tiefgarage verabredet. Na gut – die Bezeichnung sausen ist übertrieben, aber zumindest hatte seine Frau mit weiblichem Scharfsinn in Windeseile erkannt, dass der werte Göttergatte ihrer Bitte zu präzise gefolgt war. Mit »vor der Tiefgarage« meinte sie nicht »vor der Tiefgaragenausfahrt«. Noch Minuten später, wir waren endlich losgefahren, unterhielt uns unsere Gute mit einem ausgefallenen Vokabular. An der Tierarztpraxis angekommen, hatten wir dann eine tieforange Ampel passiert, mussten an 10 Fussgängerüberwegen (»wieso trabt alle Welt jetzt ausgerechnet hier durch die Gegend?«) und an ungefähr gleich vielen roten Ampeln halten (»... steht auf meiner Stirn vielleicht geschrieben, dass ich rot mag?«), waren mit Müh' und Not an einem urplötzlich haltenden LKW vorbeigekommen (»... Führerschein im Legoland gemacht?? ...«) und hatten einigen dieser vielen und teilweise doch recht unkonventionell fahrenden Mopedfahrer entnervt beinahe den bösen Finger gezeigt. Nun standen wir da. Vor dem einzig noch freien Parkplatz. Mit Servolenkung und elektronischer Einparkhilfe überhaupt kein Problem. Eine weibliche Herausforderung hingegen, wenn das eigene Auto kurz vor dem Erreichen des Oldtimerstatus steht und somit nicht über diese Ausstattung verfügt. Egal – was rein muss muss rein und irgendwann standen wir dann auch in der Lücke. Etwas schräg zugegebenermaßen. Aber dennoch kein Hindernis für vorbeifahrende Fahrzeuge.

Und schon geht es durch die Eingangstür in die Praxis. Eine sehr moderne Praxis, wie wir es noch von unserem letzten Besuch gut in Erinnerung haben. Gerüstet für Röntgenaufnahmen, Operationen und Übernachtungen mit Vollpension. Frauchen findet das Angebot ausgezeichnet – uns fragt natürlich wieder keiner.

Endlich finden wir uns im Wartezimmer wieder. Unsere Körbe hat Frauchen so hingestellt, das wir das Geschehen gut überblicken können.

Nach einem kurzen Rundblick stellen wir fest, dass es hier heute leicht voll ist. 3 Hunde, 4 Katzen, 1 Ratte, 2 Meerschweinchen und ein Wellensittich. Den Inhalt des flachen Kopfkissenbezuges auf den Knien eines Herren können wir (noch) nicht identifizieren.

Die Flötentöne unseres Frauchens überhören wir nun geflissentlich – jetzt ist tierischer Smalltalk angesagt.

Und schon geht es los.

»Hier muss ein Nest sein – lauter Katzen«, erklingt es zitternd aus dem Kleinviehkarton.

»Jungs – hier gibt es Essen auf Beinen und das sogar noch appetitlich verpackt.« Das war der rothaarige dicke Kater aus der Ecke. »Du bist auf Diät«, belehrt ihn sein Freund, ein blauäugiger Siamkater. »Eben drum – endlich mal was Anständiges zu futtern anstelle des Light-Zeugs aus der Tüte.«

»Fischgräte – hat es dich auch damit erwischt? Dieses fettarme Lightfutter?« Ich habe meinen Gesprächspartner gefunden und schon sind wir drei in eine heiße Futterdiskussion vertieft.

Nebenan fachsimpelt derweil bereits Senior mit einer entzückenden älteren Katzendame über den Sinn und Unsinn von artgerechtem Katzenzubehör. Das passend auf ihre Fellfarbe abgestimmte Halsband wird gerade in den höchsten Tönen von ihm gelobt. Alter Charmeur.

Rennsemmel versucht bei allem die Nerven zu behalten und konzentriert sich auf die Hypnose der Ausgangstür.

Da ertönt die erste Durchsage: »Herr X mit Karlchen in Zimmer 1 – Frau Y mit Suse in Zimmer 2.«

Und schon dackelt die durchgestylte Dalmatinerdame los – das passend gekleidete Frauchen in ihrem
Schlepptau. Ein kurzes Leinengehampel der Hündin
und Gleichgewichtsübungen ihres Frauchens in Höhe
der Sekretärin und verhaltenes Gekicher ertönt aus dem
Wartesaal. Die Dalmatinerdame hatte zügig und kraft-
voll den Ausgang angestrebt und ihr Frauchen auf Stö-
ckelschuhen war auf diese überraschende Kurve nicht
eingestellt.

»… bei einem Meter Länge habe ich sie noch zum Ein-
kaufen mitgenommen. Danach wurde es etwas proble-
matisch mit ihren Umklammerungen. Tja, und jetzt
mag sie nicht mehr fressen. Sie erwürgt ihre Beute, aber
frisst sie nicht.« Dies war die Stimme des Herrn neben
uns. Der mit dem flachen Kopfkissenbezug auf dem
Schoß.

Ein äußerst nervöses Herumrutschen unseres Frauchens auf ihrem Sitzplatz ist die Antwort auf diesen Satz.
Alles, Mensch und Tier, hält die Luft an. Eine Schlange – ach du liebe Fischgräte – eine echte Schlange. Eine
Phyton. Live – in diesem Warteraum. Das war also das
Geheimnis des Kopfkissenbezuges, in den jetzt sogar
etwas Leben kommt. Da wird sich doch wohl hoffentlich
nicht gerade ihre Fressblockade lösen?

Das reicht.

Mit einem freundlichen, aber energischen Lächeln
wechselt unser Frauchen den Sitzplatz. Sie hätte aber
auch gleich stehen bleiben können, denn schon ertönt
erneut die Durchsage: »Frau Strobl bitte in Zimmer 4.«

Und schon schweben wir in luftiger Höhe auf den kalten Landeplatz zu.

Dort sitzen wir dann da. Unsere Beste gibt eine Kostprobe ihres reich gegliederten Sprachschatzes in süssester Tonlage von sich und öffnet die Korbdeckel. Doch die Passagiere bleiben angeschnallt sitzen. Keiner von uns hat die geringste Lust, hier auszusteigen. Schließlich hatten wir diese Reise nicht gebucht.

Neugierig wie wir aber nun einmal sind, beginnen wir mit dem ersten Check des Raumes. Antennenmäßig fahren wir unsere Köpfe aus.

Hm – sieht ja gar nicht sooo schlimm hier aus. Wir entdecken einen Schrank, ein Waschbecken, einen Kühlschrank und ein bisschen Kleinkram wie Spritzen, Reagenzgläsern und Verbandsmaterial.

Spritzen?!

Langsam verschwinden unsere Köpfe wieder in den Körben. Dort ist es wesentlich sicherer. Vielleicht nützt es ja auch, absolutes Desinteresse zu zeigen – wir haben schließlich nichts gebucht oder reserviert. Vielleicht hat man hier sehr wenig Zeit und sieht es uns ohne Untersuchung an, dass wir fit sind. Oh la la, ist uns komisch zumute.

Vertan, vertan – da steht sie auch schon vor uns.

Die Dame in grün – mit wahnsinnig langen blonden Haaren. Die Tierärztin. Die, die so piekst.

»Wow«, entrutscht es unserem Senior, »nicht schlecht, Herr Specht.« Zwei empörte Blicke unsererseits lassen ihn schnell wieder verstummen. »Eh alors – in meinem

Alter wird man ja noch mal was sagen dürfen«, murmelt er.

3 Handgriffe später sitzen wir alle nebeneinander auf der Tischplatte. »Uuuii – kalt«, entfährt es uns dreien nacheinander. Dann folgt ein gründlicher Bodycheck. »Uuiii – sie hat mich gepiekst«, ertönt es Sekunden später der Reihe nach.

»Gott – was seid ihr drei doch für wunderschöne Tiere«, umnebelt uns eine Frauenstimme und schon werden wir am Kinn gekrault.

Hach Fischgräte, na ja – sooo schlimm war der Pieks letztendlich nun doch nicht. Eine Kleinigkeit halt. Nicht der Rede wert.

Fellstarke Net-Links

C@tsitter
http://katzensitter.de

Futter
www.premiumtierfuttermittel.de
www.freund-tiernahrung.de
www.whiskas.de
www.sheba.de
www.kitekat.de
www.iams.com

Heilpraktiker
www.tierheilpraktiker.de

Infoseiten – Foren – Portale
www.netz-katzen.de
www.tierwissen.de
www.haustier-community.de
www.katzen.de
www.katzen-life.de
www.katzen-community.de
www.katzenwunderwelt.de
www.katzenpinnwand.de
www.haustier-center.de
www.welt-der-katzen.de
www.katzen-album.de
www.tiere-online.de
www.haustieranzeigen.de
http://katzen.haustiere-info.de

Katzenverbände

Verband deutscher Katzenfreunde e.V.
www.dervdkev.de
Erster Deutscher Edelkatzen Züchterverband e.V. (1. DEKZV)
www.dekzv.de
www.birma-club.de/index.htm

Katzenvermittlung

www.catconnect.com
www.tiervermittlung.de
www.tierwaisen.de

Presse / Medien

www.presseportal.de
www.vox.de

Shops / Geschenkartikel

www.mels-cottage.com
www.zooplus.de
www.fressnapf.de
www.friss-mich.de
www.pets-shop.de
www.haustiershop-online.de
www.zoonetz.de
www.petshop.de
www.fuervierpfoten.de
www.catsan.de
www.zoobi.de
www.zoobap.de
www.kleeblatt2004.de
www.tierservice.com

Suchmaschinen
http://katzen.yellopet.de
www.katzen24.de
www.google.de
www.yahoo.de
www.web.de

Test-und Preisvergleiche von Produkten
www.ciao.de

Tierärzte
www.tierarzt.org

Tiermedizin
www.tiermedizin.de

Tierschutzvereine – Tierheime
www.zuhause-gesucht.de
www.tiernotruf.org
www.abc-tierschutz.de
www.tiersuchdienst.org

Tiertransporte
www.tiernotruf.de

Trauer
www.kleintierkrematorium.de

Zeitschriften
www.dhd24.com (Haustieranzeiger)
www.geliebte-katze.de

www.herz-fuer-tiere.de
www.pressekatalog.de (Zeitschrift: Katzen extra)

(Anmerkung: Diese Links stellen nur eine kleine Auswahl und keine Empfehlung dar. Für die Inhalte der Webseiten sind die jeweiligen Webmaster verantwortlich.)